D0318966

Nous remercions le ministère du Patrimoine canadien,
la SODEC et le Conseil des Arts du Canada
de l'aide accordée à notre programme de publication

  Patrimoine   Canadian
canadien   Heritage

 Conseil des Arts   Canada Council
Québec ██   du Canada   for the Arts

ainsi que le gouvernement du Québec
– Programme de crédit d'impôt
pour l'édition de livres
– Gestion SODEC.

Nous reconnaissons l'aide financière
du gouvernement du Canada
par l'entremise du Programme d'aide au développement
de l'industrie de l'édition (PADIÉ) pour ce projet.

Logo de la collection:
Vincent Lauzon

Illustration de la couverture:
Louis-Martin Tremblay

Maquette de la couverture:
Ariane Baril

Édition électronique:
Infographie DN

Dépôt légal: 2ᵉ trimestre 2007
Bibliothèque nationale du Canada
Bibliothèque nationale du Québec

1234567890 IML 0987

Le cœur à l'envers

Susanne Julien

Le cœur à l'envers

Roman

ÉDITIONS
PIERRE TISSEYRE

9300, boul. Henri-Bourassa Ouest, bureau 220,
Saint-Laurent (Québec) H4S 1L5
Téléphone: 514 335-0777 – Télécopieur: 514 335-6723
Courriel: info@edtisseyre.ca

**Catalogage avant publication
de bibliothèque et Archives Canada**

Julien, Susanne

Le cœur à l'envers : roman
2ᵉ édition

(Collection Faubourg St-Rock plus ; 4)
Publié à l'origine dans la coll. : Collection Faubourg St-Roch
1992, ©1991.Pour les lecteurs de 12 ans et plus.

ISBN 978-2-89633-033-1

I. Titre II. Collection

PS8569.U477C63 2007   jC843'.54   C2006-942002-5
PS9569.U477C63 2007

1
Espionne malgré elle

Allongée à plat ventre sur son lit, Sonia feuillette ses vieux cahiers. Pas ceux qu'elle utilise en classe pour y mettre des notions qu'elle juge inintéressantes et plus ou moins nécessaires. Non! Ses cahiers à elle. Ils sont noirs avec une couverture rigide, identiques les uns aux autres, tous remplis des rêves qui se baladent dans sa tête.

Habituellement, elle prend plaisir à inventer des histoires, mais pas aujourd'hui. Le cœur n'y est pas, ni la tête, ni même la température : une véritable sale journée d'avril! A-t-on idée : pleuvoir à boire debout pendant un congé pédagogique ? C'est à croire que le directeur de la polyvalente a fait un arrangement avec le ciel et les nuages! Une vraie journée foutue, à jeter par la fenêtre... et Sonia s'embête.

Elle se lève, tourne en rond, va prendre une pomme dans le réfrigérateur, retourne à sa chambre, en ressort, trois petits pas à gauche, deux tours à droite, et la voilà qui s'assoit sur le lit de son frère. Pourquoi? Elle n'en sait trop rien. Pour changer de décor, casser la monotonie. Et puis, c'est un endroit comme un autre pour manger une pomme. Et elle en profite, car il est hors de question de se pointer le bout du nez dans l'embrasure de la porte quand Marco est là.

D'accord, elle est curieuse, mais pas fouineuse! Pourtant, elle ne peut s'empêcher d'examiner le repaire de son frère. Moche! La tanière lui semble moche: pas de bibelots, pas de décorations sur les murs, mis à part quelques médailles sportives épinglées derrière la porte. Finalement, elle ne manque rien à ne pas venir ici plus souvent.

Elle se penche vers la corbeille à papier, près du lit, pour y déposer son cœur de pomme et s'exclame en souriant:

— Enfin, une découverte intéressante!

Avec des gestes délicats, elle fouille dans la poubelle et en extirpe plusieurs petites enveloppes noires et luisantes.

— Sept, huit, neuf…, compte-t-elle à voix haute. Il est plutôt actif, le grand frère!

Poussée par sa trouvaille et son désir d'en savoir plus long, elle ouvre le premier tiroir de la commode. Coincée sous une pile de sous-vêtements, une boîte de douze préservatifs n'échappe pas au regard de lynx de Sonia. La jeune fille retient un fou rire, prend la boîte et en vide le contenu sur le lit : un seul condom tombe sur l'édredon.

— Si mes notions de mathématiques ne sont pas périmées, il en manque deux. À moins que…

Elle regarde de nouveau dans la corbeille à papier qui ne contient rien de plus. Pendant quelques secondes, elle tripote nerveusement le seul emballage qui est encore plein. Elle essaie d'imaginer Marco manipulant cet objet embarrassant et gênant.

Un bruit de clef dans la serrure la fait violemment sursauter. Marco! C'est son frère qui arrive! Sonia reconnaît son rire… Il n'est pas seul, une voix de fille l'accompagne. À la hâte, Sonia ramasse la boîte, les enveloppes et son cœur de pomme. Elle fait un pas en direction de la porte, trop tard, ils approchent!

Si Marco la voit sortir de la chambre les mains pleines, ça va barder. Sans réfléchir davantage, Sonia se glisse en vitesse sous le lit. Heureusement que le volant qui entoure le sommier est assez long pour la cacher.

«J'espère qu'ils ne resteront pas ici trop longtemps», songe-t-elle en retenant son souffle et en tendant l'oreille.

Sonia ne reconnaît pas la voix de la jeune fille qui accompagne son frère. Elle pense qu'il s'agit probablement d'une nouvelle connaissance du cégep. Depuis que Marco y est entré en septembre, il ne fréquente plus les mêmes gens.

— Tu es certain que nous ne serons pas dérangés?

— Aucun problème, ma mère travaille jusqu'à cinq heures et ma petite sœur est à l'école. Nous avons tout l'après-midi.

— Tu as dit la même chose la dernière fois et pourtant nous avons failli nous faire prendre…

— Les culottes à terre! se moque Marco en riant.

Le lit bouge brusquement au-dessus de Sonia. Elle devine que son frère vient d'y pousser sa petite amie. Aux gloussements de joie et aux roucoulements de satisfaction qu'elle entend, Sonia imagine le pire.

«Ils ne vont pas faire **ÇA** maintenant!» Sonia ne se trompe pas, quatre souliers atterrissent un à un, près d'elle. Puis, il y a des bruits mats sur le plancher. Sonia soulève le volant et voit, à quelques centimètres de son nez, pantalons, chemises et autres accessoires vestimentaires que son frère et sa copine jugent inutiles pour l'instant.

À mi-chemin entre le rire et la honte, Sonia se mord les lèvres pour demeurer inaperçue. Le lit craque de partout, ce n'est pas le moment de s'extirper de sa cachette en criant: «Coucou, je suis là!» Pendant que Sonia se creuse la cervelle pour se sortir de cette mauvaise passe, Marco ouvre son tiroir.

— J'étais certain qu'il m'en restait au moins un, bougonne-t-il en déplaçant le contenu du tiroir.

— Ha! Ha! fait son amie sur un ton amusé. Pas de protection, pas de plaisir.

— Tu t'imagines peut-être t'en sauver ainsi! Non, mademoiselle! J'ai tout ce qu'il faut dans la poche de mon manteau de cuir. Tu ne perds rien pour attendre.

Il se lève et se dirige rapidement vers le placard, près de l'entrée. Sa copine sort du lit et annonce qu'elle profite de cette brève interruption pour faire un petit tour à la salle de bains. Sonia réalise aussitôt que c'est sa seule chance de se tirer de ce mauvais pas.

Elle soulève le volant à temps pour voir les fesses blanches de la jeune fille disparaître dans le couloir. Sonia se glisse de sous le lit, traînant avec elle les objets qu'elle n'a pas encore lâchés. Elle s'approche de la porte, Marco aussi; elle l'entend qui revient déjà! Prise de panique, elle s'engouffre dans la garde-robe et s'y enfouit au plus profond en tirant la porte vers elle. Elle évite de la fermer complètement pour ne pas attirer l'attention de son frère.

Bien à l'abri des regards, elle soupire, consciente de l'avoir échappé belle. À quelques mètres d'elle, les amoureux se sont retrouvés et reprennent possession du lit, maintenant débarrassé de sa visiteuse clandestine.

Accroupie au fond de l'armoire, Sonia ferme les yeux et se bouche les oreilles. Elle ne veut rien savoir de ce qui se passe de l'autre côté de la porte. Elle se sent toute bizarre. Qu'est-ce qui lui arrive? Elle est honteuse et excitée tout à la fois. Elle ne veut pas être témoin du plaisir de son frère, mais elle doit faire un effort pour tenir en bride sa curiosité. Puis, la culpabilité l'envahit entièrement.

«C'est donc long! C'est donc bien long!» gémit-elle intérieurement.

2

Entre amis

Cette année, au casse-croûte Chez Fimo, il y a du nouveau. En plus des frites, sandwiches et autres plats maison dont les jeunes étudiants de la polyvalente se régalent à l'heure du dîner, on y sert de la pizza santé à croûte mince. Caroline croque à belles dents dans cette succulente pizza aux légumes, tandis que Sonia lui raconte sa mésaventure d'hier après-midi.

— Il ne s'est jamais rendu compte que tu étais là? demande Caro entre une bouchée et un éclat de rire.

— Penses-tu! À deux, ils faisaient tellement de bruit que le monde aurait pu s'écrouler autour d'eux et ils n'auraient rien entendu.

— C'est vrai que, dans ces occasions-là…, fait Caroline sur un ton suggestif.

Sonia ignore sa remarque et poursuit:

— On aurait dit que plus rien d'autre n'existait pour eux. Ils ne se souciaient pas de savoir si quelqu'un les entendait ou les observait. C'était plutôt embarrassant!

— Au contraire, tu aurais dû trouver cela instructif et en profiter pour parfaire ton éducation de jeune fille.

Sonia rougit jusqu'aux oreilles. Heureusement que le restaurant est pratiquement vide, personne n'est témoin de sa gêne. Les habitués de l'endroit ne sont pas encore arrivés, c'est pour cela qu'elle en profite pour faire des confidences à sa meilleure amie, qui s'amuse à la taquiner.

— Tu n'as pas à être mal à l'aise; si on ne peut plus compter sur les membres de sa famille pour se renseigner sur les secrets de la vie!

— Oh! Caro! Arrête de dire n'importe quoi.

— Alors, comment était-il ton grand frère? Est-ce qu'il en avait «une» longue comme ça? demande-t-elle en joignant le geste à la parole.

— Caro! Si tu continues, je t'écrabouille la face dans ta pizza!

Au même instant, la porte s'ouvre vivement sur plusieurs jeunes affamés. Ils sont excités, parlent fort et tous à la fois. Caroline se tourne vers eux en murmurant: «Enfin, voilà Charles!» Sonia la pousse du pied et lui impose le silence du regard. Caroline hausse les épaules et soupire:

— Évidemment.

Et voilà un secret de plus entre les deux jeunes filles; elles ne sont pas les deux meilleures amies du monde pour rien! Un grand garçon au visage parfait, aux cheveux noirs et aux yeux verts se penche vers Caroline et l'embrasse avant de s'asseoir près d'elle et de jeter un œil froid sur Sonia. Le regard que lui renvoie celle-ci n'a rien à envier aux icebergs. Charles est peut-être le plus beau gars de l'école et le *chum* de Caroline, Sonia ne l'aime pas pour autant.

Elle serait bien embêtée d'expliquer pourquoi. Pourtant, tout le monde semble l'aimer. Au fond, c'est peut-être ça qui lui déplaît: sa trop grande facilité à se faire apprécier de tous et le pouvoir que cela lui donne sur eux. Sonia déteste être dirigée. Son indépendance, c'est sacré!

Pierre-Luc et Benoît s'installent aussi à leur table. Ce dernier s'exclame:

— C'était super *trippant*! Vous avez manqué quelque chose, les filles!

Charles l'interrompt en le raillant:

— Mais pas de panique, mesdemoiselles, puisque cette malencontreuse lacune va être rapidement comblée par «Ben le super *potineur*»! N'est-ce pas, Ben?

L'adolescent ainsi surnommé fait comme s'il n'avait rien entendu. C'est Pierre-Luc qui répond à sa place:

— On a eu droit à tout un spectacle: une course de motos entre Étienne Gingras et un nouveau, Stéphane... euh...

— Stéphane Patenaude, intervient Charles.

— Stéphane, ton cousin! s'étonne Caroline en regardant son copain.

— Lui-même, en personne.

Surpris, Benoît ne peut s'empêcher de remarquer :

— J'ignorais que tu avais un cousin à la polyvalente.

— Mais c'est qu'il y a des tas de choses que tu ignores, mon pauvre petit Ben, réplique Charles avec un air supérieur.

Puis, il se tourne vers Pierre-Luc et poursuit sur un ton plus aimable :

— Ses parents se sont installés dans le quartier en février. Ils avaient déjà vécu ici, il y a quelques années, avant d'aller rester à Québec à cause du travail de mon oncle.

— Maintenant, ajoute Caroline en se penchant vers Sonia, ils sont de retour au bercail. Et Stéphane a une moto, une grosse moto rouge !

Benoît ouvre la bouche, d'un air songeur, mais ne dit mot. Sonia fait remarquer, avec un sourire en coin :

— Il n'est pas un peu jeune, le cousin, pour conduire une moto ?

— Pas du tout, s'objecte Charles. Il a un an de plus que moi. Seize ans, c'est tout ce que ça prend pour obtenir un permis de conduire.

L'occasion que vient de créer Charles par cette petite phrase est trop tentante pour Benoît. Il en profite donc :

— Vraiment ! Je croyais qu'il fallait aussi un brin de jugeote. À te regarder aller, j'ai peine à croire que ça existe dans ta famille.

Sonia et Pierre-Luc ricanent, Caroline lance un «Oh! Benoît!» offusqué et Charles prend un air méprisant. Il s'apprête à riposter par une réplique cinglante, quand madame Paul, une grande et forte femme au teint noir, dépose trois assiettes devant les garçons. En tant que serveuse connaissant bien les habitués de la place, elle leur dit :

— Tenez, mes petits, mangez avant que ce soit froid. Ça vous empêchera de dire des sottises.

Charles tire aussitôt avantage de cette boutade :

— Voilà enfin la preuve, mesdemoiselles, et je ne suis pas le seul à l'affirmer : Ben dit des sottises !

La femme proteste en riant. Avant qu'elle ne s'éloigne pour servir d'autres clients, Benoît la complimente :

— Vous faites le meilleur pâté chinois au monde, madame Paul. Vous voyez bien que je ne dis pas toujours des bêtises.

— Pas toujours, toujours, mais…, ajoute Caroline avec un geste de la main.

— Si tu t'en mêles toi aussi, je n'ai vraiment aucune chance, se plaint Benoît.

— Hé! Regardez qui vient manger avec nous, s'écrie Charles. Le grand gagnant toutes catégories de la course de motos de La Passerelle : Stéphane Patenaude. Les filles, vous allez avoir droit au récit du champion. Ce sera sûrement mieux que ce qu'aurait pu vous raconter Super-Ben.

Un jeune aux cheveux châtain clair et a[ux] grands yeux bruns se tire une chaise à leur ta[ble]. Un sourire malicieux aux lèvres, il dépos[e] casque protecteur et ses épais gants de cuir à ses pieds et fait un signe à la serveuse.

— Le spécial du jeudi, commande-t-il avant de saluer ses compagnons de table.

Puis, certain d'accaparer l'attention de tous, il lance :

— Je l'ai bien eu, le grand Gingras. Il ne s'imaginait jamais que je lui jouerais un tour pareil.

— As-tu triché ? s'indigne Sonia.

— Mais non, voyons ! Tous les coups étaient permis, rectifie Charles.

— Alors, qu'est-ce que tu as fait ? demande Caroline, impatiente.

Charles ramasse vivement la salière et, s'en servant comme d'un micro, il imite un commentateur sportif :

— Pour le plus grand plaisir des téléspectateurs et de vos *fans*, monsieur le motard, voulez-vous bien condescendre à nous faire part de vos réactions et de vos observations sur le terrain pour nous permettre de mieux tâter le pouls de cet événement spécial.

Stéphane sourit de plus belle et entre dans le jeu :

— Eh bien ! voyez-vous, mon cher Charles, ...us me le dites si bien, c'est exactement ...e piste de course, deux concur-...dont j'ai l'extrême honneur et ...de joie d'être celui-là. En deux ...ements, ledit Gingras, qui n'est pas ingrat, était dans le sac et dans ses petits souliers, que je n'aurais pas voulu échanger contre les miens, car lorsque l'on passe des chaloupes aux pattes de grenouilles, on risque les cors aux pieds, la noyade et les crampes aux mollets, sans parler de toutes les maladies honteuses, telles que pieds d'athlète, verrues et autres embêtements du même acabit. Et voilà, j'ai tout dit.

Sonia, visiblement découragée par tout ce verbiage ridicule, chuchote à Caroline, qui rit de bon cœur :

— Est-il toujours comme ça, le cousin ?

Devant le hochement de tête affirmatif de son amie, Sonia soupire :

— On n'est pas près de savoir ce qui est arrivé !

Retranché dans son coin de table, le nez enfoui dans son pâté chinois, Benoît a vraiment l'attitude de quelqu'un qui désire passer inaperçu. Mais c'est plus fort que lui, quand Sonia est à ses côtés, il ne peut s'empêcher de vouloir lui être utile.

— Ce n'est pas compliqué, lui dit-il en haussant les épaules. Ça s'est passé dans le stationnement, derrière l'école. Gingras possède une moto de route, une 450, je pense, et Stéphane a une moto tout-terrain. Ils devaient partir près du mur de la poly, contourner le gazon qui longe la piste d'athlétisme et revenir par l'autre bout du stationnement. Le premier arrivé à l'entrée de la rue Wodehouse gagnait. Stéphane a simplement décidé de prendre un raccourci en passant sur le gazon.

— Mais il a bien failli manquer son coup, ajoute Pierre-Luc.

— Le gazon était mouillé, il pleut tout le temps, se défend Stéphane. J'ai seulement dérapé un peu plus que prévu. Ça n'a pas été long que j'ai repris mon équilibre et j'étais le premier rendu à la ligne d'arrivée.

— De justesse, le taquine Charles. Un peu plus et…

— En effet, la chance était du côté de Stéphane, remarque Pierre-Luc. Il s'est rattrapé au dernier virage, parce que Gingras a trop ralenti pour tourner. C'était une belle course!

— Heureusement que Benoît et Pierre-Luc sont là pour nous raconter toute l'histoire, constate Caroline, parce que si on devait se fier aux deux cousins, on attendrait longtemps.

Stéphane, qui tarde à être servi, vole une frite dans l'assiette de Charles. Puis, il lance à brûle-pourpoint à Benoît:

— J'ai l'impression que je te connais, toi. Ta binette me dit quelque chose.

Mal à l'aise, Benoît courbe les épaules et se penche davantage sur son assiette. Se sentant examiné de la tête aux pieds, il marmonne finalement:

— C'est possible, on a dû se croiser dans les couloirs de la polyvalente.

Têtu, Stéphane ne lâche pas son idée:

— Ben… Benoît, Benoît, Benoît… Benoît Ladouceur! s'exclame-t-il enfin sur un ton triomphant. Au primaire, à la petite école, à l'autre bout du Faubourg St-Rock, celle qui est près de la Côte-au-Sirop, dans le vieux couvent, tu étais dans ma classe jusqu'en quatrième année. Oui, oui, je me rappelle.

— Tu as une maudite mémoire, soupire Benoît, à la fois découragé et impressionné.

— Oui, monsieur, j'ai une bonne mémoire, reprend Stéphane sans tenir compte de l'attitude de Benoît. Je n'oublie jamais un visage. Comment ça se fait que tu n'es pas en secondaire 4? Ah! c'est vrai, tu as redoublé une année.

— Tu as même dû en redoubler deux, vu que tu es seulement en secondaire 2, susurre Charles en jubilant.

S'il lui était possible de fondre sur sa chaise ou de disparaître dans le décor sans laisser de trace, Benoît le ferait en ce moment. Ce grand imbécile de Patenaude aurait pu se taire, surtout devant Sonia. La belle et gentille Sonia qui ne lui a jamais rien promis, d'ailleurs, et qui n'est pas plus attachée à lui qu'à un autre; que va-t-elle penser de lui? Qu'il est un «Super-sans-tête», comme on se plaît à le surnommer dans son dos? Qu'il est un incapable, un bon à rien? Alors qu'elle, tout lui réussit sans efforts!

Contrôlant la sourde colère qui germe en lui, il dit en essayant de crâner:

— Et puis après, on n'en meurt pas. Regarde, je suis en excellente santé. Je vais peut-être même avoir mon nom dans les records Guinness, un jour. Celui qui a pris le plus grand nombre d'années pour terminer ses études secondaires.

— À ta place, je ne m'en vanterais pas, réplique Caro.

Benoît hausse les épaules et se replonge dans son assiette. Après tout, tant pis si le reste du monde est trop borné pour le comprendre. Stéphane, qui cherche toujours à faire rire, prend un couteau sur la table et, d'un geste vif, poignarde le pâté chinois de Benoît. Devant l'ahurissement de tous ses voisins de table, il explique avec son air le plus innocent :

— Il allait se sauver, il fallait bien que quelqu'un le rattrape. D'ailleurs, Benoît, tu ne devrais pas manger cela. Tu sais, la chasse au pâté chinois n'est pas encore commencée. Si les gardes forestiers te prenaient en flagrant délit, tu aurais droit à une amende. Ça donnerait un pâté chinois amandine. Totalement dégueu!

Caroline et Charles se tordent de rire devant l'air penaud de Benoît. Pierre-Luc fronce les sourcils, car il trouve ce Stéphane un peu trop effronté à son goût. Il se hâte de terminer son dîner, puis il se lève pour payer l'addition. Sonia, qui en a assez de ces enfantillages, en profite pour s'éclipser. Elle salue tout le monde et quitte le restaurant en prétextant des études qui lui restent à faire.

Elle n'a pas fait deux pas dehors que Benoît songe à l'imiter. Au moment où il pousse la porte, il entend Stéphane demander à Caroline le nom de la fille qui était assise avec eux. Benoît attend quelques secondes, le temps d'écouter la remarque de Stéphane.

— Elle est plutôt jolie, la petite Sonia! Sort-elle avec quelqu'un?

«Non, songe Benoît, elle ne sort avec personne et ce n'est pas faute de volontaires.»

Dehors, un seul regard lui fait comprendre que Sonia est trop loin pour qu'il la rejoigne sans que cela semble louche. Il soupire et examine rapidement la moto Honda XR125L du héros de la journée. Avant qu'il puisse s'en offrir une comme ça, il va en tomber des clous sur le Faubourg St-Rock!

3
Une invitation
spéciale

Sonia avance à pas lents, tâtant du bout du pied les obstacles entre elle et sa case, pour tâcher de les éviter de son mieux. Difficile de se rendre d'une salle de classe du deuxième jusqu'au rez-de-chaussée sans interrompre sa lecture. C'est un exploit que Sonia réalise néanmoins assez réguliè-rement. Quand on aime les livres à la folie, ça vaut bien ce petit effort acrobatique!

Elle a presque atteint son but, quand un obstacle imprévu lui bloque le chemin. En jetant un œil sous les pages de son roman, elle aperçoit une manche couleur kaki dans laquelle il y a un bras qui, de toute évidence, lui barre la route. En remontant jusqu'au tronc, puis à la tête, elle n'a plus aucun doute sur les intentions de ce sourire narquois et de ces yeux vifs.

— Salut! Es-tu toujours aussi perdue dans les nuages? lui demande Stéphane.

«Stéphane! Encore lui!» pense Sonia. Il est vrai que, depuis l'autre jour, elle le trouve partout sur son chemin. À la cafétéria, il vient s'asseoir à sa table; à la bibliothèque, il rôde autour d'elle; dans les corridors, elle risque en tout temps de buter contre lui. Et le revoilà ici! Comme chaque fois, elle va avoir droit à son petit baratin, à ses histoires drôles n'ayant aucun sens et à ses marques d'attention particulière.

— Rectification: je ne suis pas perdue dans les nuages, mais plongée dans un récit émouvant et captivant, et je doute fort qu'il t'intéresse.

— Qu'est-ce que tu en sais? Moi aussi j'aime la lecture. Surtout quand je suis au volant de ma trottinette, une brunette assise derrière moi qui me dit soudain: «Regarde ce qu'il y a d'écrit sur le machin, c'est un stop.» Je freine en catastrophe et je…

— Stéphane, tu n'as pas rapport, s'écrie Sonia. D'ailleurs, tu n'as jamais rapport. Change de rengaine, elle commence à être vieille!

Sans lui accorder plus d'attention, elle fouille dans sa case pour y prendre le cartable nécessaire à son prochain cours. Mais on ne repousse pas Stéphane aussi facilement. Il s'incruste près d'elle et lui dit:

— Parfait, message reçu! J'en ai une meilleure pour toi. Qu'est-ce que tu dirais d'une balade en moto?

— Ha! Ha! Très drôle. Bon! Moi, je n'ai pas envie d'arriver en retard. Le prof de mathématiques se montre très généreux avec les copies, fait-elle en rebroussant chemin vers l'escalier.

Stéphane, qui ne la lâche pas d'un poil, revient à la charge:

— Ce n'est pas une blague. Je veux vraiment me promener en moto avec toi. J'ai même apporté un deuxième casque, exprès. De plus, il fait chaud aujourd'hui. Pour un mois d'avril, c'est assez rare, du beau temps comme ça. Aussi bien en profiter! C'est d'accord! À la fin des cours, je t'attends à la sortie du stationnement. À tantôt!

Sans attendre la réponse de Sonia, il grimpe les marches quatre à quatre. Elle le regarde bondir vers le troisième étage et trouve qu'il ressemble à un kangourou. Un kangourou en moto! Elle secoue la tête. «S'il s'imagine que j'accepte… Tant pis pour lui!» Puis, elle se hâte vers son local où elle entre, juste avant que la porte ne se referme.

À peine a-t-elle le temps de s'asseoir à son pupitre que monsieur Longtin distribue déjà les copies du dernier examen. Sonia fait la grimace en recevant sa feuille: D, elle s'attendait à mieux. Benoît, qui se trouve à sa gauche, semble plutôt heureux de son résultat. Il voudrait bien en faire part à Sonia, mais sans trop en avoir l'air. Histoire de lui montrer qu'il n'est pas aussi idiot qu'on le prétend. En fouillant dans ses affaires, il pousse intentionnellement son examen, qui glisse par terre, sous les pieds de Sonia.

Il ne lui reste plus qu'à attirer l'attention de la jeune fille par un «psitt!» discret, et à lui demander sa feuille par des gestes appropriés. Sonia s'exécute et, en lui remettant sa copie, fait une mimique admirative qui en dit long sur la note obtenue: A! «Où a-t-il bien pu pêcher ce résultat, pour un gars qui a déjà redoublé deux fois?» se demande-t-elle, incrédule.

— Les maths, ça exige un peu de logique, rien de plus, chuchote Benoît, comme s'il cherchait à expliquer sa réussite.

— Chanceux, moi les maths…, répond-elle sur le même ton en pointant son pouce vers le bas.

— Sonia Pelletier, dit monsieur Longtin d'une voix qui la fait sursauter, as-tu des commentaires à formuler?

— Euh! Non, monsieur.

— Dans ce cas, écoute les explications. Tu en as besoin.

— Oui, monsieur, je suis tout ouïe, murmure-t-elle.

«D'ailleurs, est-ce que j'ai le choix d'écouter? Non, pas vraiment!»

C

Le supplice des nombres décimaux et la torture de leur pourcentage enfin terminés, Sonia et Benoît se retrouvent devant leur case respective. Le garçon tente d'encourager la jeune fille:

— Si tu fais chaque problème étape par étape, ce n'est pas si difficile que ça.

— Non, mais c'est long! Surtout quand tu ne comprends pas tout le temps.

— Je peux t'aider. Enfin, si ça t'intéresse. Je ne veux pas te déranger non plus.

— Tu ferais ça! Vrai? Avec Longtin, je ne comprends rien. Il parle trop vite, et avec sa grosse bedaine devant le tableau, je ne vois pas.

— Si ça fait ton affaire, je peux aller chez toi. Ce soir?

Sonia, qui préfère ne pas affronter les railleries de son frère si un garçon vient la voir à la maison, répond vivement:

— Non, non! J'aimerais mieux demain midi, ici, à la bibliothèque, ou…

— Ou à l'amphithéâtre. Il est peut-être débarré comme l'année dernière.

Sonia trouve l'idée excellente et le lui dit, au moment même où Caroline arrive, tout essoufflée.

— C'est ici que tu te caches! lui lance cette dernière sur un ton courroucé. Dépêche-toi! On t'attend.

— Moi? Pourquoi? Ah! oui, je l'avais oublié, celui-là, fait Sonia en se rappelant l'invitation de Stéphane. Je n'ai jamais dit que j'acceptais.

— Tu es folle de refuser une chance pareille! À ta place, je sauterais sur l'occasion.

Puis, remarquant le regard inquisiteur de Benoît posé sur elles, Caroline attire son amie dans un coin et lui chuchote tous les arguments qui lui viennent à l'esprit. Cette ambiance de mystère intrigue le garçon qui, tout en prenant ses affaires dans sa case, épie les filles du coin de l'œil.

Sonia, qui n'aime pas attirer inutilement l'attention sur elle, finit par céder.

— D'accord, mais que ça ne devienne pas une habitude. C'est seulement pour aujourd'hui.

— Compris, compris, réplique Caroline en jubilant, mais viens vite.

— O.K. Salut, Benoît, à demain. On essaiera de se trouver un endroit tranquille.

— Oui, c'est ça, à demain, dit-il en souriant timidement.

Pendant qu'elles s'éloignent de lui, il croit entendre Caro reprocher à Sonia :

— Je ne vois pas ce que tu lui trouves, au Super-sans-tête. Tu ne devrais pas te tenir avec lui.

— Est-ce que je te dis avec qui tu as la permission de parler? Ce sont mes oignons, pas les tiens.

Caroline hausse les épaules et continue d'avancer à grands pas. Sonia trottine derrière elle et se glisse entre les élèves, en direction du stationnement.

En franchissant la porte, elle voit Stéphane trônant sur sa moto, entouré de quelques jeunes, comme un héros adulé par un groupe d'admirateurs. «Tout ça pour une machine à polluer et un clown audacieux! soupire intérieurement Sonia. Allez, il est trop tard pour reculer.»

En effet, Caroline lui glisse déjà entre les mains le casque protecteur. Sonia ne sait pas trop pourquoi, mais elle trouve à sa copine des allures d'entremetteuse. Elle attache pourtant solidement le casque sur sa tête, boutonne sa veste jusqu'au cou et s'avance résolument vers le bolide. Quand elle a décidé de faire quelque chose, elle n'y va pas à moitié.

— Alors, où m'emmènes-tu ? demande-t-elle, les mains sur les hanches.

— Au bout du monde, si tu veux ! promet Stéphane avec son éternel sourire.

— Non, c'est trop loin et je n'ai pas le temps. Un petit tour dans le Faubourg me suffira.

Elle lance une jambe par-dessus le siège et s'installe de son mieux, derrière le garçon. Plus tôt ils partiront, et plus vite ce sera terminé. Au démarrage, elle se rend malheureusement compte qu'elle n'a rien d'autre pour se tenir que la taille de Stéphane. Elle s'y agrippe donc fermement, pour éviter une chute. L'espace d'un instant, elle entrevoit le visage de Charles.

« Non mais, il est en train de se payer ma tête, celui-là ! songe-t-elle avec une pointe de rage. Je vais lui montrer que je sais me tenir sur une moto. »

Refoulant ses appréhensions, elle sourit de toutes ses dents. Elle ignore que, à l'intérieur de la polyvalente, regardant par la fenêtre de la porte, Benoît l'observe. Dès qu'elle n'est plus dans son champ de vision, il tourne les talons pour prendre une autre sortie. Il préfère ne pas croiser Charles et Caroline.

Finalement, sa balade s'est bien déroulée. Stéphane est beaucoup plus prudent qu'elle l'avait d'abord cru. En la déposant devant chez elle, il lui dit :

— Samedi soir, il y a une danse à l'école. C'est un groupe qui s'appelle *Push-Poussez* qui va jouer.

— Je le sais, fait Sonia. Ils sont vraiment très bons. L'an dernier, ils ont fait la danse de la fin d'année. J'y étais allée.

Elle se tait avant d'ajouter «avec mon frère»! De quoi aurait-elle l'air ?

— Si ça t'intéresse, reprend Stéphane, je vais y pousser une pointe. Tu n'auras qu'à faire du «*poushe*», et je te prendrai sur ma moto. Comme ça, on sera deux à pousser si mon moteur arrête.

— Oh! Stéphane! soupire Sonia avec un geste impatient.

— D'accord, j'ai compris. *Push*, mais pousse égal!

Avant que la jeune fille puisse dire un mot, il ajoute en démarrant :

— Essaie de te trouver un meilleur manteau, parce que le soir, en moto, ce n'est pas chaud!

Pour la deuxième fois aujourd'hui, il la quitte sans attendre la réponse. Sonia éprouve des sentiments contradictoires. Il est toujours flatteur d'être invitée à sortir, mais ce grand blanc-bec se prend pour qui ? Il s'imagine chaque fois qu'elle dira oui! Vraiment, il exagère. Il peut bien être le cousin de Charles!

— Tu ne perds rien pour attendre. Demain, je vais te dire ma façon de penser, murmure-t-elle en le regardant s'éloigner.

4

Pile, j'accepte ;
face, je ne dis pas non…

Son plateau en main, Sonia se cherche une place dans la grande cafétéria de la polyvalente. Elle en aperçoit une auprès de Benoît. De toute évidence, il l'a gardée pour elle, puisqu'il l'invite d'un sourire. Sonia marche vers lui, quand elle entend quelqu'un qui l'appelle, trois tables plus loin.

C'est Caro. Sonia hésite, car son amie est attablée avec Charles et le fameux cousin. Jugeant qu'elle doit se montrer indépendante envers Stéphane, elle se contente de leur sourire et de les saluer de la tête et va plutôt s'asseoir à côté de Benoît. De toute façon, ils ont des choses sérieuses à discuter ce midi. Ne lui a-t-il pas promis de l'aider en mathématiques ?

Benoît se rend compte qu'il vient de marquer un point. Sonia préfère s'installer avec lui plutôt qu'avec Stéphane! Peut-être que la balade d'hier ne lui a pas plu? Il reprend espoir, toutes ses chances ne se sont pas envolées.

— Salut! lui dit Sonia en souriant. J'ai apporté mon cahier de mathématiques. J'ai pensé que tu pourrais peut-être m'aider avant le cours de cet après-midi.

— Pas de problème, fait le garçon, un peu déçu qu'elle ne s'intéresse à lui que pour cette raison.

Mais comme cette marque d'attention vaut mieux que rien, il se force à sourire et reprend:

— C'est vrai, je t'avais dit que je te donnerais un coup de main, mais je n'étais pas certain que ça te tenterait encore.

— Pourquoi? Je n'ai pas attrapé la bosse des mathématiques durant la nuit. Je suis encore aussi poche que je l'étais hier avec les fractions.

— Non, ce n'est pas vrai, tu n'es pas poche! Au contraire, d'habitude tu es super, tu réussis bien dans toutes les matières.

— Sauf les maths, s'écrie-t-elle. Tiens, regarde. Comment veux-tu trouver 52 % de douze treizièmes?

Avec une patience et un calme qui lui sont peu habituels, Benoît lui explique les étapes à suivre pour mener à bien l'opération. Numéro après numéro, il tente avec logique de lui montrer qu'après tout, ce n'est pas si difficile. Il parvient même à lui faire terminer son devoir bien avant la reprise des cours.

C'est à cet instant que Caro s'approche d'eux :

— Salut, l'indépendante ! lance-t-elle à son amie. Et puis, t'es-tu enfin décidée pour demain ? Ça va être toute une danse. La musique des *Push-Poussez* est formidable. En passant, tu devrais demander à ton frère de te prêter son manteau de cuir. En moto, ce n'est pas chaud. Ciao !

Et elle s'éloigne aussitôt vers la sortie. Sonia a l'impression d'avoir déjà entendu la dernière phrase. « D'ailleurs, songe Sonia, n'aurait-elle pas fait exprès de raconter tout cela devant Benoît ? » Celui-ci, qui rêvait secrètement d'inviter Sonia, sans trop savoir comment, est court-circuité par les paroles de Caro. Pour cacher son malaise, il dit :

— Les danses dans les écoles, c'est toujours super plate ! Bon, il faut que j'y aille. J'avais dit à Pierre-Luc que j'irais le voir jouer au basket. À tantôt !

Il se lève précipitamment et quitte la cafétéria. Sonia, qui n'a plus rien à faire là, ramasse ses affaires. En se retournant, elle voit Charles qui grignote un dessert en souriant d'un air moqueur.

« Lui, il s'amuse trop pour être honnête ! pense Sonia. Ma chère Caro, tu as une petite explication à me donner. » Elle part à la recherche de son amie, qu'elle découvre à la bibliothèque.

— Je suis contente que tu viennes à la danse de samedi, chuchote Caroline en voyant Sonia. On va bien s'amuser !

37

— Je regrette de te contredire, mais je n'ai jamais dit que j'y allais, corrige Sonia.

— Comment ça? Stéphane ne t'a pas invitée? Je pensais que…

— Oui, il m'a invitée, mais il n'a pas pris le temps d'attendre ma réponse!

— Tu ne vas quand même pas refuser! soupire Caro, qui voit son projet tomber à l'eau. C'est tellement rare qu'on sorte ensemble.

— C'est ça quand on a un *chum*. Avec Charles dans le décor, j'ai toujours l'impression que je dérange, que je suis de trop. Je n'ai pas envie d'être la troisième roue de la bicyclette.

— Non, mais pourrais-tu être la deuxième de la moto?

Sonia esquisse un geste impatient, ce qui n'empêche pas Caroline de poursuivre:

— Qu'est-ce que tu lui reproches? Stéphane est plutôt joli garçon. Avec lui, tu ne t'ennuieras pas, il est assez drôle! Tu vas pouvoir te promener en moto tant que tu le désires. Et ce qui ne gâte rien, ses parents sont riches à craquer.

— Caro! Es-tu en train de me trouver un mari? Franchement, tu exagères!

Sonia trouve tellement ridicules les arguments de sa copine qu'elle éclate de rire. En la voyant si joyeuse, Caro se dit que ses chances de la convaincre ne se sont pas toutes évanouies. Elle reprend:

— O.K. J'en ai un peu trop mis, mais il faut me comprendre. J'aimerais tellement ça si on sortait tous les quatre ensemble. Il me semble qu'on aurait du plaisir. Et puis, la musique va être bonne! Allez! Dis oui, pour une fois.

Caro a adopté ce ton suppliant qui réussit toujours à faire céder son amie. C'est vrai qu'au fond Sonia aimerait bien aller danser. Et c'est plus amusant d'y aller avec des amis que seule.

— D'accord! Pour une fois! Mais je ne veux pas que Stéphane s'imagine que je suis sa blonde attitrée.

Caro sourit, fière de son succès. Après cette première danse, on verra bien si Sonia ne devient pas «la» blonde du cousin de Charles. «Oui, pense-t-elle, ils vont former un joli couple! Et puis, il est grand temps que Sonia se déniaise et sorte avec un garçon. Tant qu'à y être, aussi bien que ce soit Stéphane plutôt que Benoît. Il ne lui arrive pas à la cheville.»

Une cloche retentit et les corridors se remplissent de jeunes qui se dirigent vers leur salle de cours. Sonia et Caro suivent le flot.

C

Sonia frissonne en montant les marches du logement familial. Le soleil a beau briller dans le ciel, il est vrai qu'en moto, il fait froid. Stéphane, qui vient tout juste de la reconduire chez elle, l'a bien avertie. Sa petite veste de laine ne la protège pas suffisamment.

Elle lève les yeux et aperçoit son frère qui la surveille par la fenêtre du salon. À la vue du sourire railleur de celui-ci, elle sait qu'il va la taquiner. Tant pis pour lui, elle a de quoi lui répondre.

— Bienvenue à la maison, sœurette, s'écrie Marco en lui ouvrant la porte. Tu as un penchant pour les motards? Fais attention, il y en a qui cachent des sacs de couchage et des blocs de ciment sous leur siège.

— Ah! Ah! Ah! Très drôle, réplique Sonia. Tiens! en parlant de sac, j'en ai trouvé un qui t'appartient.

— Désolé, mais tu dois faire erreur. Je ne fais pas de camping.

— Vraiment? susurre-t-elle en souriant. Je croyais que tu adorais coucher... sous une tente... mais dans ton lit!

Marco fronce les sourcils et demande:

— Qu'est-ce que tu racontes là? Encore une invention de bébé!

Sonia sourit de plus belle et dit en minaudant:

— Mais pas du tout, mon cher grand frère! Quoique, si tu ne fais pas attention, tu risques bien d'en avoir un, bébé!

Son frère s'impatiente davantage et lui tourne le dos pour regagner sa chambre. C'est d'une voix irritée qu'il lui lance:

— Je ne vois pas où tu veux en venir et je n'ai pas de temps à perdre avec tes sottises. Va donc au balai!

Ce n'est pas cela qui va faire reculer la jeune fille. Elle le suit de près en objectant:

— Non, non, non! Tu ne comprends pas très bien la situation. Tu devrais plutôt me remercier; je t'ai rendu un grand service.

Son frère éclate de rire:

— Un service! Depuis quand es-tu serviable avec moi? Franchement, Sonia.

— Depuis que j'ai compris qu'entre jeunes, il fallait s'épauler, s'aider mutuellement.

— Ah! Voilà le chat qui sort du sac! Tu as besoin de quelque chose.

— En parlant de sac, tu ne veux pas savoir quel service je t'ai rendu? demande la jeune fille.

Marco l'observe en jonglant avec un crayon. Est-ce que cela en vaut vraiment la peine? La curiosité l'emporte, d'autant plus qu'il n'y a sûrement rien de très compromettant dans cette histoire.

— Je t'écoute, annonce-t-il enfin.

Sonia se dit qu'elle vient de gagner. En souriant, elle sort de la chambre de son frère et va dans la sienne. Elle en revient aussitôt avec un objet caché dans la main.

— Tu devrais faire plus attention et ne pas tout laisser traîner. Maman aurait pu le trouver!

— Trouver quoi? demande-t-il vivement.

— Ça! dit-elle en ouvrant la main.

Marco y voit un condom de la même marque que ceux qu'il utilise habituellement. Serait-ce celui qu'il cherchait la semaine dernière? Furieux, il s'avance vers sa sœur:

— Où as-tu pris ça, toi?

41

Sa réaction fait plaisir à Sonia. Elle ne s'est donc pas trompée. Il n'a pas envie que leur mère découvre ce qu'il fait en cachette, certains après-midi. Elle lui donne l'explication qu'elle a brodée dans sa tête durant son retour de l'école.

— Ton petit sac traînait ici, à côté de la porte de ta chambre. Je l'ai ramassé en me disant qu'il valait mieux que ce soit moi qui le fasse, plutôt que maman. J'avais comme oublié de te le remettre.

— Avoue que tu voulais t'en servir comme monnaie d'échange. À moins que tu en aies peut-être besoin? Avec ton beau motard?

— Niaiseux, soupire-t-elle en haussant les épaules. Qu'est-ce que tu imagines? Avant que j'aie envie de coucher avec ce gars-là, les poules auront des dents!

— Je te crois, admet son frère. Tu n'es pas encore prête. Bon, parlons sérieusement. Que veux-tu en échange?

Sonia jubile. Elle sait qu'elle n'a qu'à demander et son vœu sera exaucé.

— J'aimerais que tu me passes ton manteau de cuir pour samedi soir. J'en ai besoin pour aller à l'école en moto.

— Quoi? Es-tu folle? Jamais de la vie!

5

Trop pour un soir

Marco est un garçon têtu. Il ne change pas facilement d'idée. Pourtant, Sonia a réussi à le convaincre. Ça n'a pas été facile. Une heure! Durant une longue heure, elle a utilisé toutes les armes dont elle dispose: chantage, explications, cajoleries.

Il a enfin cédé en se réservant le privilège d'exiger d'elle une future faveur de son choix et en l'accablant de recommandations. Après tout, son manteau, il l'a payé avec son argent et il n'a pas les moyens de s'en acheter un autre tout de suite.

C'est avec anxiété qu'elle attend l'arrivée de Stéphane. Son maquillage n'est-il pas un peu trop voyant? Et ces affreux boutons sur le front, elle n'en avait vraiment pas besoin aujourd'hui. Peut-être qu'en plaçant son toupet autrement, ça les cacherait? Et quel chandail devrait-elle porter avec son jean noir, le mauve ou le vert?

— Ça n'a aucune importance, la taquine Marco. Il va faire tellement sombre dans la grande salle que tu pourrais y aller déguisée en chien et personne ne verrait la différence.

Sonia ne porte aucune attention à ses remarques, son frère ne vaut pas la peine qu'elle se mette en colère. Elle garde plutôt son calme et sa dignité et elle fait bien, car Stéphane arrive.

En lui ouvrant la porte, elle constate qu'il est habillé avec le plus grand chic. Son pantalon noir a une coupe digne des meilleurs couturiers. Sa chemise noire à fines rayures grises ressemble à celle que Marco n'a pas pu s'acheter dernièrement à cause de son prix exorbitant. En guise de cravate, il a noué un ruban noir à la manière des artistes du siècle passé.

Sans plus de cérémonie, il embrasse Sonia sur les deux joues et lui demande si elle est prête. Elle acquiesce et enfile le manteau de son frère. Marco lui glisse une pièce de deux dollars dans la main en lui expliquant:

— C'est pour payer le vestiaire. Je ne veux pas que mon manteau traîne n'importe où. Il y a beaucoup de gens qui pourraient avoir envie de le piquer!

— Ne t'inquiète pas! dit-elle pour le rassurer. Je vais en prendre soin comme de la prunelle de mes yeux. Si jamais je tombe en moto, je vais m'arranger pour atterrir sur la tête. O.K.?

— Parfait! Tu es chanceuse que je n'aie pas à sortir ce soir, sinon tu ne l'aurais jamais eu.

Leur mère, Sylvie Pelletier, pour mettre un terme à cette conversation, émet ses conseils:

— Faites attention, une chute en moto, ça ne pardonne pas. Et j'aimerais que tu sois ici pour 23 h 30.

Sonia est gênée et terriblement embarrassée par l'attitude trop protectrice de sa mère. Aussi, est-ce avec un peu de précipitation qu'elle quitte la maison. De la fenêtre du salon, Sylvie et Marco observent leur départ. La femme secoue la tête et soupire:

— Elle aurait au moins pu nous le présenter!

Son fils pouffe de rire:

— Maman! C'est seulement son premier *chum*. Il n'a pas d'importance, attends que ce soit celui avec qui elle va vivre.

— Oh! Toi! fait-elle, vexée par son manque de compréhension.

Stéphane fait vrombir son moteur. Il sent Sonia, appuyée contre son dos. Avec elle derrière lui et sa moto qu'il contrôle du bout des doigts, il a réellement l'impression d'être au septième ciel. Que demander de plus pour avoir en main les guides de sa destinée? La soirée s'annonce formidable!

La griserie de sa liberté lui monte à la tête et il conduit d'une manière un peu plus cow-boy qu'à l'accoutumée. Sonia n'est pas mécontente quand ils arrivent à la polyvalente. En entrant dans la grande salle, elle aperçoit Caroline et Charles qui dansent déjà. Elle fait un petit détour par le vestiaire, pour faire plaisir à son frère, puis vient les rejoindre avec Stéphane.

Sur la scène, quatre garçons, des étudiants de l'école, se contorsionnent derrière leur instrument de musique, pendant qu'une fille interprète avec brio une de leurs compositions. Ce sont eux, les *Push-Poussez*. Sonia ne peut s'empêcher de penser que c'est un nom à coucher dehors.

Heureusement que leur musique est fantastique. Il paraît qu'on appelle ça du *prog metal* avec tendance psychédélique. C'est complètement fou et bruyant. Tant mieux, ainsi elle n'entend pas toutes les idioties que Stéphane peut inventer. La musique l'excite et l'enivre. Elle bouge les pieds et balance la tête au son du tempo. Parfois, elle ferme les yeux pour se laisser complètement envahir par le rythme. Toutes sortes d'images se baladent dans son cerveau. Il n'y a rien de tel pour créer des histoires.

Ses rêves intérieurs disparaissent subitement quand la chanteuse annonce au micro le premier *slow* de la soirée. Sonia accueille cela comme un entracte, lui permettant d'aller s'acheter une boisson gazeuse, mais il n'en va pas de même pour Stéphane. Il l'attrape par la main et l'attire vers lui pour danser.

«C'est une habitude chez lui de ne jamais demander la permission! songe la jeune fille. C'est un vrai pot de colle, ce garçon.» Plus par politesse qu'autre chose, elle ne dit rien. À sa grande surprise, lui aussi, il se tait. Il se contente de lui sourire et de la serrer davantage contre lui.

Un petit frisson passe dans le dos de Sonia quand, la danse terminée, il l'embrasse dans le cou tout près de l'oreille et chuchote un remerciement. Elle est étonnée de sa propre réaction. C'est à croire qu'elle a aimé ça!

Pour cacher son trouble, elle se hâte d'aller aux toilettes. Caroline la suit de près.

— Et puis, comment trouves-tu le cousin de Charles? s'empresse-t-elle de lui demander.

— Il est correct, répond Sonia en se glissant rapidement dans le premier cabinet vide.

— C'est tout! s'étonne son amie.

En réalisant qu'elle parle seule, Caro retourne dans la grande salle auprès de son ami de cœur, Charles. Elle lui fait une moue qui signifie qu'elle n'a rien pu tirer de Sonia. Stéphane, en grande conversation avec un autre garçon de sa classe, ne porte aucune attention aux chuchotements de son cousin et de Caroline.

Quelques minutes plus tard, Sonia revient près d'eux, un verre de plastique à moitié vide à la main. Stéphane, qui la guettait du coin de l'œil, lui fait aussitôt cette remarque:

— Tu aurais dû me le dire que tu avais soif. Je serais allé t'en chercher, une liqueur.

Guidée par son esprit d'indépendance, Sonia réplique:

— Je suis capable de m'en payer une toute seule.

Elle avale d'un trait le fond de son verre et demande vivement:

— Qu'est-ce que vous attendez pour retourner danser? La musique n'est pas à votre goût?

Sans prêter l'oreille à leur réponse, elle se faufile parmi les danseurs pour se mêler à eux. Tandis que Stéphane la suit, Caro et Charles préfèrent se trouver un coin tranquille pour se parler en amoureux.

Pour le plus grand plaisir de Sonia, les *slows* sont rares. Rien n'est plus mortel que les danses collées quand une fille essaie de garder ses distances! Ce n'est pas qu'elle trouve Stéphane antipathique, mais il devient de plus en plus entreprenant d'une fois à l'autre.

Au début, il se contentait de la serrer contre lui, puis il lui a caressé le dos longuement et maintenant... Maintenant qu'on est rendu au sixième slow de la soirée, il exagère. Sonia a bel et bien senti le pouce de Stéphane se promener en explorateur sur son sein droit, pendant qu'il l'embrasse d'un baiser un peu trop humide!

Elle n'a pas envie d'en endurer davantage. Elle recule vivement et lui dit un non catégorique. Il prend son air le plus naïf et fait:

— Voyons, Sonia! Qu'est-ce qui t'arrive?

— Tu le sais très bien, Stéphane. Ça ne m'intéresse pas. C'est tout.

— Tu es donc bien sainte nitouche! Il n'y a rien là! bougonne-t-il.

— Pour toi, peut-être! Mais moi, je n'aime pas ça.

48

— Correct! Correct! Ne saigne pas du nez pour si peu! réplique-t-il en l'attirant de nouveau vers lui.

Elle l'écarte d'un geste de la main et lance sèchement:

— Ah! Je n'ai plus le goût de danser.

Elle se dirige vers sa copine, qui est assise à l'autre bout de la salle, mais en l'apercevant enlacée dans les bras de Charles, elle arrête son mouvement. Stéphane est derrière elle. Il glisse un bras autour de ses épaules et lui dit d'un ton enjôleur:

— Viens t'asseoir un peu, ça va te reposer. Tu n'as pas arrêté de danser depuis le début de la veillée.

Il se fait plus pressant et l'embrasse sur la tempe. Sonia est déchirée. Elle aime et déteste à la fois l'attitude de Stéphane. Il va trop vite, toujours trop vite, et elle, elle a horreur d'être bousculée. Elle lui fait face et cherche les mots pour lui expliquer:

— Stéphane, tu es bien gentil, mais arrête d'embarquer dans mes souliers. J'ai besoin d'air. Depuis que je te connais, j'ai l'impression que tu essaies de penser à ma place et ça me fatigue!

— Si je t'embête à ce point-là, tu n'as qu'à le dire. Je n'ai pas besoin d'une encyclopédie en douze volumes pour comprendre.

— Ce n'est pas ça que j'ai voulu dire.

— Ça y ressemblait, pourtant!

— Oh! J'en ai assez, je m'en vais.

— Fais donc ce que tu veux, moi, je reste. Il n'est même pas 11 h. Il est beaucoup trop tôt pour partir.

— C'est ça, reste ici. De toute manière, je n'ai besoin de personne pour me reconduire. Je connais le chemin.

Elle lui tourne le dos et se précipite au vestiaire pour y récupérer le manteau de son frère. Pendant qu'elle disparaît par la sortie principale, Stéphane erre dans la grande salle en ruminant. Puis, il se décide brusquement et, d'un pas rapide, il va à la porte d'entrée. Trop tard, Sonia est trop loin pour qu'il la voie. L'orgueil du mâle repoussé l'empêche de lui courir après dans la rue.

C

Il fait noir, le ciel est couvert. De toute façon, les lumières des lampadaires permettent rarement aux citadins d'admirer les étoiles. Sonia le sait, mais pourtant, elle aurait aimé en compter quelques-unes pour se changer les idées ou se rassurer. Oui, se rassurer !

Elle n'a pas l'habitude de se promener aussi tard le soir. Les mains bien enfoncées dans ses poches, elle circule d'un pas pressé. Elle souhaite, du plus profond de son cœur, qu'aucun voyou ne soit caché dans un coin pour la surprendre et lui arracher le manteau de cuir de son frère.

Depuis hier, Marco n'a cessé de lui répéter que les rues sont pleines de voleurs de manteaux de cuir ! Il l'a fait exprès de lui raconter ces histoires de sadiques armés de couteaux qui sont prêts à vous faire la peau pour le moindre petit sac à main !

Un bruit de voix la fait sursauter. C'est un groupe de jeunes qui marchent en sens inverse sur l'autre trottoir. Pour les éviter, Sonia tourne au premier coin de rue et emprunte une ruelle qui lui servait de raccourci quand elle était plus petite. Bien à l'abri des regards, elle s'arrête et tend l'oreille. Les voix et les rires s'éloignent lentement.

Qu'aurait-elle fait s'ils l'avaient suivie ? Et s'ils avaient essayé de s'en prendre à elle ? Elle aime autant ne pas y penser. Heureusement, elle est presque arrivée chez elle. En sortant de la ruelle, elle aboutit dans sa rue. Encore deux coins et elle y est.

Plus elle avance, plus elle aperçoit le duplex où elle habite, et plus elle se rassure. Quand elle est rendue à quelques maisons de chez elle, elle est tout à fait détendue. Ses peurs folles se sont envolées. Elle ne porte aucune attention à la voiture d'un voisin qui se gare à quelques mètres d'elle. Elle voit à peine l'homme qui en descend et qui contourne son véhicule pour passer devant elle.

Pourquoi devrait-elle s'inquiéter d'un voisin qui rentre chez lui ? Pourtant, au moment où l'homme l'agrippe d'un bras tandis que, de l'autre main, il tente d'ouvrir sa portière, elle réagit vivement. Ses réflexes, plus rapides que son cerveau, la font reculer. Elle se projette sur le dos en tentant désespérément d'échapper à son agresseur.

Dans sa chute, elle entraîne l'homme sur elle. Tout se passe si rapidement, qu'elle a l'impression d'en perdre des bouts. Sans vraiment réaliser ce qu'elle fait, elle tend les bras devant elle pour se protéger. Au même instant, sa main retient un objet cylindrique et froid qui allait la frapper.

D'un regard épouvanté, elle reconnaît l'objet : une barre de métal ! L'homme tire dessus pour la lui reprendre. Sonia ne lâche pas prise, car elle comprend que, s'il réussit, il pourra la frapper et la tuer. **LA TUER** ! Il faut qu'elle se sorte de là. Son instinct de survie décuple ses forces et active sa matière grise.

Les doigts de sa main gauche toujours crispés sur le fer, elle cherche avec son autre main à griffer l'homme au visage. Si seulement elle pouvait lui accrocher une oreille, elle l'arracherait avec plaisir.

Elle se débat trop au goût de l'homme. Pour l'immobiliser, il lui plaque une main sur le visage et lui écrase la tête. Sonia gigote davantage pour ne pas étouffer et parvient à mordre la paume de son assaillant. Il pousse un juron et retire sa main d'un geste brusque.

C'est alors qu'elle en profite pour hurler. Ce premier cri le surprend. Il cherche des yeux si quelqu'un l'a entendu. Sonia hurle plus fort. Elle ne parvient à prononcer aucun mot, mais elle entend sa propre voix qu'elle reconnaît à peine. Son agresseur la frappe au visage pour qu'elle se taise. Un bruit de course et des vociférations inquiètent l'homme.

Il lâche subitement la jeune fille, lui abandonnant son arme improvisée. Aussitôt libérée, Sonia bondit sur ses pieds et court en direction de chez elle. Au milieu de la rue, une ombre lui bloque le chemin. Elle tente de s'en éloigner, mais celle-ci lui dit:

— Sonia, Sonia, c'est moi. Calme-toi!

— Marco!

Oui, c'est bien lui qui est accouru en criant lorsqu'il a entendu hurler sa petite sœur. Frémissante de peur, elle s'accroche à lui en répétant son nom. Derrière elle, un moteur démarre et des roues crissent sur le sol. C'est son agresseur qui recule à vive allure, tous phares éteints, jusqu'au premier coin de rue. La voiture s'y engouffre et les deux jeunes perçoivent pendant un certain temps le bruit de la fuite du bolide.

Une quinzaine de minutes plus tard, ils sont tous dans la cuisine. Sonia, son frère et leur mère, ainsi que deux policiers qui tentent de reconstituer les faits, d'après le récit de la jeune fille. L'un des agents est grand, costaud et, sous ses sourcils grisonnants, il a un regard ennuyé. L'autre est une femme, une longue jeune femme aux cheveux coupés courts et à la voix douce, calme et chaleureuse. Avec elle, Sonia se sent en confiance. Il n'en va pas de même pour le bouledogue bourru qui mène l'enquête.

— Écoute bien, ma jeune demoiselle, si tu veux qu'on le retrouve, il faut que tu nous dises de quoi il avait l'air!

— Mais je ne le sais pas, moi! Il faisait beaucoup trop noir pour que je distingue ses traits.

— Est-ce qu'il ressemblait à quelqu'un que tu connais? À un voisin? continue le policier en ignorant la réponse de Sonia.

Elle esquisse un haussement d'épaules, mais il l'interrompt:

— Prends ton temps pour réfléchir, c'est important. À quoi as-tu pensé au moment où tu l'as vu?

— C'est vrai que j'ai d'abord cru qu'il s'agissait d'un voisin, admet Sonia, mais non, je ne le connais pas.

— Combien mesurait-il environ? la questionne-t-il de nouveau.

— Je n'en sais rien, soupire Sonia, excédée par ces demandes répétées.

— O.K., j'ai compris, s'impatiente le policier.

Puis, il s'approche vivement de Sonia en lui ordonnant de se lever. Son ton est un peu trop sec et trop dur. Marco et sa mère font mine de s'interposer dans un réflexe afin de protéger la jeune fille, qui est déjà assez traumatisée pour cette nuit. Mais la policière intervient et leur fait comprendre que son collègue connaît son métier et qu'ils ne doivent pas s'inquiéter. Celui-ci se force pour prendre un ton plus aimable:

— Lève-toi, jeune fille. Allez, debout!

Sonia est étonnée, mais elle obéit. Le policier, qui est tout près d'elle, lui demande:

— Est-ce qu'il était grand comme moi?

Elle le regarde en penchant la tête en arrière et se dit que, s'il avait été aussi grand, elle l'aurait sûrement remarqué.

— Non, murmure-t-elle. Il était bien plus petit.

— C'est déjà un bon départ! s'exclame la policière. Ton agresseur mesure moins de un mètre quatre-vingt-huit.

— Parfait! Toi, le jeune, approche ici, reprend le policier.

Il parle à Marco, qui vient se placer devant sa sœur. Puis, l'homme se retourne vers Sonia et demande encore:

— Plus grand ou plus petit que lui?

La réponse est un peu plus ardue à donner. Sonia réfléchit quelques secondes en se mordant les lèvres et s'écrie enfin:

— Plus grand! Juste un peu plus grand.

— Comme ça? fait aussitôt le policier en bougeant sa main au-dessus de la tête de Marco. Ou comme ça? Ou…

— Oui, à peu près là!

— Combien mesures-tu, le jeune? fait l'homme sur son même ton direct.

— Un peu plus d'un mètre soixante-quinze.

— Vendu pour un mètre quatre-vingts! lance le policier à sa collègue. Maintenant, jeune fille, regarde-nous, ton frère et moi, et pense à la grosseur de l'homme.

— Maigre! dit Sonia très rapidement.

— Comme ton frère?

55

— Non, Marco n'est pas si maigre que ça. L'autre, c'était un paquet d'os.

— Ouh! Ce n'est pas gros, ça, mademoiselle. Finalement, tu te souviens de beaucoup de choses.

— Mais pas de son visage, je n'ai rien vu de son visage, rien...

— D'accord. Et ses vêtements? Pantalon, chandail, jupe, cape de Dracula? N'importe quoi de spécial?

Le sourire malicieux et le clin d'œil du policier dérident Sonia. Et c'est plus détendue qu'elle dit:

— Son pantalon était foncé, brun, et son manteau aussi, dans une espèce de toile. Court, le manteau. Je ne me rappelle rien d'autre.

— Ce n'est pas si mal, apprécie la policière. Le portrait que tu as fait pourrait se rapprocher de celui d'un autre agresseur qu'on nous a signalé dans le secteur, il y a quelque temps. Ah! oui, la voiture! As-tu une idée de la marque?

Sonia s'apprête à dire que pour elle, les bagnoles, c'est seulement un tas de ferraille et qu'elles se ressemblent toutes, quand son frère lui coupe la parole:

— Une Mustang!

— En es-tu certain? demande le policier en fronçant les sourcils devant une réponse aussi précise.

— Je l'ai vue comme il faut. Quand il a reculé, ses lumières étaient éteintes, je n'étais pas aveuglé, et quand il a passé sous les lampadaires, j'ai remarqué sa couleur : rouge vif ! Brillante comme ça, on ne peut pas la manquer !

Le policier prend bonne note en souriant : un jeune de cet âge-là, ça rêve toujours de posséder une belle voiture. Il ne doit sûrement pas y avoir erreur sur la marque. Il se tourne vers Sylvie Pelletier.

— Bon, ça nous donne des renseignements supplémentaires, quoique, sans le numéro de plaque, il soit toujours difficile de trouver le propriétaire. Désirez-vous aller à l'hôpital avec votre fille ? Ce serait peut-être mieux de la faire examiner par un médecin.

— Non, je ne veux pas ! s'écrie Sonia. Je n'ai rien, seulement un petit coup au visage, ce n'est rien, ça ! Et puis, je suis fatiguée ! C'est donc long et compliqué, soupire-t-elle.

— D'accord, admet la policière. C'est vrai qu'on pose beaucoup de questions, mais c'est la seule façon de savoir ce qui s'est passé. Ce soir, tu es encore sous le choc et tu es énervée. C'est normal, mais peut-être que demain, ou plus tard, tu te souviendras de quelque chose, d'un détail qui peut paraître insignifiant. Si ça arrive, télé-phone au poste et demande à nous parler.

— Moi, je suis le sergent Picard, et la jeune dame qui me suit partout, c'est l'agent Ouellette. Ne vous inquiétez pas, madame, poursuit-il en se tournant vers Sylvie, on va écrire dans notre rap-port qu'on a constaté ses blessures. Vous pouvez la faire examiner quand ça lui tentera. On a ramassé le tuyau de métal, c'est une pièce à conviction. Si jamais il y a des empreintes, ça pourrait servir. Je vous laisse le numéro de téléphone du poste.

Le policier prend congé et se tourne vers la porte. Au moment où il sort, l'adolescente s'écrie brusquement:

— Je l'ai mordu!

Tout le monde la fixe avec des yeux interrogateurs. Elle répète:

— Je l'ai mordu... à une main!

— Laquelle? demande l'agent Ouellette.

Sonia se regarde les deux mains en hésitant. La policière suggère:

— Prends les deux mains de ta mère et place l'une d'elles, la bonne, sur ton visage, de la même façon que celle de l'homme était placée quand tu l'as mordue. Comme ça, on va savoir où il a une marque de morsure.

Sonia prend la main gauche de sa mère et tâtonne un peu avant de retrouver la position exacte. Il est évident qu'elle l'a mordu dans la paume, à la base du pouce. Ce nouveau renseignement consigné dans leur carnet de notes, les deux officiers de la paix se retirent enfin. Sylvie se sent redevenir le chef de sa maisonnée. Elle va pouvoir reprendre fermement en main les rênes de sa famille. C'est ce qu'elle croit, mais à son grand étonnement, Marco la devance:

— Comment ça se fait que ton épais de motard n'est pas venu te reconduire? dit-il d'un ton agressif en regardant sa sœur. Si tu étais revenue avec lui, rien de tout cela ne serait arrivé!

— Oh! Les nerfs, le grand! s'écrie Sonia surexcitée. N'en rajoute pas. J'ai déjà eu ma claque pour ce soir, alors tes remarques, garde-les pour toi!

Ceci étant dit, elle leur tourne le dos et s'enfuit dans sa chambre, dont elle ferme la porte bruyamment. Sylvie, avec une pointe d'impatience dans la voix, reproche à son fils ses paroles trop brusques.

— Trouves-tu ça normal, toi? réplique Marco sur le même ton. Avec tous les fous qui courent dans les rues la nuit, ce n'est pas correct de laisser une petite fille de 13 ans rentrer toute seule. Je n'aurais jamais fait une chose pareille! Attends que je le voie, lui. Il va savoir ma façon de penser. Elle est chanceuse, ma sœur, que j'aie laissé ma fenêtre ouverte. Sinon, personne ne l'aurait entendue, et cherche où et dans quel pétrin elle serait en ce moment!

Sylvie frissonne à cette pensée, puis elle se ressaisit et tente de calmer son fils:

— Tu n'as pas tort, mais ce n'est pas une raison pour lui sauter dessus comme tu l'as fait. Elle a dû avoir assez peur comme ça, laisse-la un peu souffler. De plus, on ne sait pas ce qui s'est passé avec son ami.

— Ouais! J'ai ma petite idée là-dessus. Il avait l'air pas mal trop déluré à mon goût, celui-là. Attends, il va avoir de mes nouvelles.

— Marco, réfléchis avant de faire quoi que ce soit. Tu...

— C'est tout réfléchi! Je suis fatigué, je vais me coucher, lance-t-il soudainement pour couper court à la conversation.

Avant que Sylvie puisse émettre une objection, son fils a disparu dans sa chambre. La jeune femme se laisse tomber sur une chaise de la cuisine en soupirant. Depuis le décès de son mari, il y a dix ans déjà, elle a dû gérer seule l'éducation de ses enfants. C'est la première fois qu'elle doit faire face à un tel problème. Comme elle aimerait pouvoir compter sur l'aide de son époux! Elle se demande ce qu'elle a fait pour mériter tout cela. Puis, elle chasse très vite cette idée: ce n'est pas une question de mérite, mais de hasard! La roue de fortune s'est arrêtée sur son numéro: le 13 noir, impair, et manque! Oui, il s'en est manqué de peu que sa petite fille ne soit...

Sylvie frémit, se secoue et se dirige rapidement vers la chambre de Sonia. Elle cogne doucement à la porte. Une voix faible et ennuyée lui donne la permission d'entrer. En poussant la porte, la mère aperçoit sa fille blottie sous ses couvertures, le visage tourné vers le mur. Sylvie s'assoit auprès d'elle et, la gorge serrée, incapable de prononcer un seul mot, elle se contente de lui caresser les cheveux.

Au bout de quelques instants, Sonia se retourne vivement et serre sa mère très fort contre elle. Elle la lâche tout aussi brusquement et lui dit bonsoir en tirant de nouveau les couvertures sous son nez. Sylvie la quitte sur une dernière caresse.

En passant devant la chambre de son fils, elle voit le mince rayon de lumière s'éteindre sous sa porte. Elle hésite une seconde, car elle aimerait lui dire qu'il n'a pas à agir comme s'il était le père de Sonia, qu'il ne doit pas tout prendre sur ses épaules. Mais elle connaît trop Marco. Sa droiture et son sens des responsabilités demeurent ses plus grandes qualités. Elle décide donc de lui faire confiance.

Il est tard et elle se sent lasse. Elle va s'allonger sur son lit et laisse enfin libre cours à ses émotions. Elle pleure silencieusement sur l'innocence de Sonia, son innocence qui s'effrite déjà.

6

Entre filles

Ce lundi matin, en mettant les pieds dans la classe de français, Sonia sait qu'elle ne peut tout cacher. Ça se voit! C'est là, marqué au beau milieu de son visage: un œil au beurre noir et une lèvre enflée et fendue! Elle est convaincue que tous les regards sont tournés vers elle. C'est tellement évident! Alors, elle baisse les yeux et marche comme un robot jusqu'à sa place.

Quand Caro entre à son tour, elle a des choses à mettre au clair avec sa copine. Elle aurait bien voulu le faire hier, mais chaque fois qu'elle appelait, madame Pelletier lui disait que sa fille était occupée ou sortie. En apercevant Sonia, penchée sur ses livres et ses cahiers, Caro n'hésite pas une seconde. Elle dispose d'un bon cinq minutes avant le début du cours, c'est amplement suffisant.

— Hé! La grande indépendante! fait-elle en lui touchant l'épaule. Tu es partie vite, samedi soir! Qu'est-ce qui t'a pris? Tu n'es pas facile, toi! Pour une fois que tu sors avec un gars, il fallait que tu le plantes là! Qu'est-ce qu'il t'avait fait pour que tu te sauves?

Pendant ce petit discours, Sonia s'impatiente, s'agite, bouillonne et explose finalement. En relevant la tête, elle lance à Caroline:

— Je n'ai pas de comptes à rendre à personne. O.K.!

Elle replonge son nez dans ses travaux. Caro ouvre des yeux démesurés à la vue des blessures de son amie. Elle souffle tout bas:

— Sonia, qu'est-ce qui t'est arrivé? As-tu eu un accident? Es-tu rentrée dans un poteau?

— Oui, un méchant poteau, fait Sonia, pleine de hargne. Un poteau qui voulait ma peau, ajoute-t-elle en reniflant.

Incapable de se contenir davantage, la jeune fille se lève précipitamment et se dirige d'un pas rapide vers les toilettes. Suivie de près par Caroline, elle passe devant Benoît sans le remarquer. Lui, au contraire, n'a d'yeux que pour elle. Il accroche Caro par le bras au passage et la questionne sur les marques au visage de Sonia.

— Comment je le saurais, moi! s'écrie Caro, énervée par la présence de l'adolescent.

Elle se dégage vivement, abandonnant Benoît à ses inquiétudes, et rattrape Sonia près du lavabo.

Ici, dans ce sanctuaire réservé aux filles, il ne pourra pas venir les déranger. Sonia, courbée en deux, se remplit les mains d'eau, qu'elle lape goulûment. Ça soulage sa gorge qui est trop serrée. Caro lui laisse à peine le temps de boire et l'entraîne dans un coin.

— Alors, c'est quoi, ça? dit-elle en pointant l'œil tuméfié de Sonia.

Sonia hausse les épaules et murmure :

— Rien.

— Me prends-tu pour une nouille? se fâche Caro. C'est un rien pas mal trop gros pour passer inaperçu. Ce n'est quand même pas ta mère qui t'a battue, elle est assez fine… Ni ton frère non plus, il jappe fort, mais il ne mord pas! Allez, raconte!

Caroline parle fort, suffisamment pour attirer l'attention de toutes les autres filles, occupées à retoucher leur maquillage ou à attendre une place libre. Sonia est horriblement gênée et toute cette situation la rend honteuse. Ses lèvres tremblent et l'empêchent de prononcer un seul mot.

Une grande de cinquième secondaire s'approche d'elle. Sonia la reconnaît, c'est la chanteuse du groupe *Push-Poussez*. Celle-ci lui dit gentiment :

— Écoute, la petite, ce n'est pas de mes affaires, mais il est évident que tu as été agressée. Ces choses-là, il ne faut pas les garder pour soi, c'est trop pénible. Ce n'est pas une consolation, mais tu n'es pas la première à qui ça arrive.

— C'est vrai, renchérit une autre adolescente, il y en a même une en secondaire 4 qui a été violée l'été dernier...

— Je n'ai pas été violée, se récrie Sonia. Je me suis sauvée avant. Enfin, mon frère m'a sauvée avant.

— Tu as eu de la chance dans ta malchance, si on peut dire, fait une troisième grande. Quand est-ce arrivé ? En fin de semaine ?

— Samedi, en partant de la danse, commence Sonia.

À son grand étonnement, les mots sortent facilement et, avec des phrases courtes, elle raconte sa mésaventure, l'aide de son frère et la visite des policiers. Quand la cloche sonne pour annoncer le début des classes, elle achève à peine de commenter la façon dont le sergent de police la questionnait. La plupart des filles s'éclipsent avec un murmure de sympathie, sauf les trois grandes et Caroline, qui restent auprès de Sonia.

Caroline est trop bouleversée pour dire quoi que ce soit. Le récit de son amie lui a donné un choc. Si elle n'avait pas sous les yeux les preuves de cette attaque sauvage, elle ne la croirait pas ! Ces preuves, il faut les cacher ou à tout le moins les atténuer, voilà ce que pensent les autres filles. La jeune chanteuse prend sa trousse à maquillage et en sort un tube de fond de teint.

— Avec ça, explique-t-elle, on ne verra plus rien ou presque ! Laisse-moi faire... Deux ou trois petites touches et ça y est. Tiens, regarde. C'est déjà mieux.

Sonia observe son reflet dans la glace. Le grand cercle bleuâtre autour de son œil est moins évident et la petite coupure sur la lèvre est à demi masquée, mais quel teint blafard elle a! Comme si elle lisait dans sa tête, la grande fille lui applique du rose sur les joues.

— Voilà, c'est ce que je peux faire de mieux! Et au cas où vous ne le sauriez pas, on est en retard. Allez, ouste, tout le monde dehors!

Toutes les filles obéissent à cet ordre et sortent à pas lents. À quoi cela leur servirait-il de s'attarder davantage? Elles ne peuvent rien faire de plus.

C

Pendant que Sonia, qui ne désire parler à personne, mange son lunch, seule dans l'amphithéâtre, Caro s'installe à sa place habituelle à la cafétéria. Elle demeure silencieuse aux côtés de Charles et de Stéphane qui bavardent gaiement en plaisantant. Elle n'a pas envie de participer à leurs rires sarcastiques ni d'écouter leurs blagues plus ou moins drôles. Elle mange du bout des lèvres en songeant à cette fameuse soirée de samedi.

Elle se sent un peu coupable : c'est elle qui a forcé la main à Sonia pour qu'elle vienne à la danse. Sans cela, son amie serait restée sagement chez elle et rien d'aussi fâcheux n'aurait pu se produire. Et puis, pourquoi est-elle partie aussi vite? Stéphane serait allé la reconduire après la danse. Tandis que là…! Que peut-elle donc avoir contre lui? Stéphane est gentil et plutôt beau garçon! Ce qu'elle peut être difficile, celle-là!

Elle en est à ce point dans ses réflexions quand Charles lui demande:

— Qu'est-ce qui t'arrive, aujourd'hui? Tu n'as pas encore dit un mot. On te parle et tu n'écoutes même pas.

— Oh! rien! Rien de grave, répond-elle en évitant le sujet qui la préoccupe.

Elle a l'impression que cette histoire-là ne concerne pas les garçons. Une petite voix intérieure lui souffle qu'ils ne comprendraient pas le chagrin de Sonia.

— Voyons! Voyons! la petite carotte à son lapin Charlot, fait Stéphane en se moquant des deux amoureux, ce n'est pas beau d'avoir des cachotteries pour son ami! Si on veut être bien dans son cœur, il faut tout se dire, tout partager: son pouding au chocolat, par exemple. Une bouchée à Caro, une à Charles et une à moi…

Sans se gêner, il pige dans le dessert de la jeune fille. C'est presque une habitude chez lui de piquer dans les assiettes des autres, mais en ce moment, Caro ne le trouve pas amusant.

— Prends-le donc au complet, tant qu'à y être! Je n'ai même pas faim.

Elle se lève pour quitter la table, mais une voix la retient:

— Caroline! Qu'est-ce qu'elle a, Sonia?

«Oh! Non! Pas lui», songe Caro en apercevant Benoît, qui lui bloque le passage. Elle soupire:

— Ce n'est pas de tes affaires, laisse tomber.

Charles, qui est frustré par l'attitude de son amie ce midi, en profite pour mordre un peu Benoît, qui n'apprécie guère:

— Tu ne vois pas que tu déranges le monde? Pas moyen de s'amuser tranquille sans que tu nous colles dessus. Allez, super *crazy-glue*, disparais!

— Toi, le grand zouave, écrase! Il y a des affaires bien plus importantes dans la vie que les niaiseries que ton cousin et toi vous vous racontez à longueur de journée! s'écrie Benoît, qui n'a pas envie de s'en laisser imposer.

Il se tourne aussitôt vers Caro et demande de nouveau:

— Qu'est-ce qu'elle a, Sonia? Je suis certain que tu le sais. Tu n'es pas restée dix minutes toute seule avec elle sans qu'elle te raconte tout.

Caroline pince les lèvres avec impatience et se demande de quoi il se mêle, celui-là. Charles ne laisse pas à son amie le temps de répondre et retourne l'insulte à Benoît:

— Hé! le Super-sans-tête, tu n'es pas capable de voir que ce n'est pas de tes affaires? Sonia, ça ne te regarde pas!

— C'est peut-être lui que ça regarde? poursuit Benoît en pointant Stéphane du doigt. Comment se fait-il qu'après être sortie avec toi samedi soir, elle a le visage tout magané, comme si tu l'avais battue?

Stéphane, qui n'avait rien dit jusque-là parce qu'il s'amusait en silence de l'altercation, trouve que la discussion prend une tournure inattendue. Il se lève d'un bond et questionne Caro :

— Qu'est-ce que c'est que cette histoire-là? Sonia est blessée?

— Ne fais pas l'innocent! Descends de ta trottinette et ouvre tes yeux. Sonia a un œil au beurre noir et la lèvre coupée. Et puis, je me demande bien si tu n'as pas quelque chose à voir là-dedans! reprend Benoît, furieux.

— Arrête d'inventer des affaires, toi, O.K.! se fâche Stéphane. Il doit te manquer des vis dans le plafond pour accuser le monde de…

— Oh! Ça suffit, s'impatiente Caroline.

Elle en a assez de voir ces trois garçons monter sur leurs grands ergots comme des coqs dans un poulailler. Pensant clore l'échange trop venimeux qui se déroule autour d'elle, elle dit enfin :

— Sonia a été attaquée par un maniaque, samedi soir après la danse.

Trois remarques différentes fusent en même temps autour d'elle :

— C'est une blague!

— Elle n'aurait pas dû partir seule…

— Comment ça? Elle n'était pas avec toi?

Caroline ne pourra pas s'en sauver. Il lui faut expliquer dans tous ses détails la terrible fin de soirée qu'a connue Sonia.

7

Ah ! Les gars…

Tout en prenant ses affaires dans sa case, Sonia se dit que cette journée d'école ne s'est finalement pas si mal déroulée. Enfin, ce fut moins abominable qu'elle l'avait imaginé. Personne ne lui a fait de remarques désobligeantes, au contraire, elle a même eu droit à de la sympathie qu'elle n'attendait pas.

Elle se sent soulagée ; l'anxiété de ce matin a disparu. Quand elle voit Benoît qui s'approche d'elle, elle lui sourit.

— Salut ! Ça va ? fait-il d'une voix qui manque d'assurance.

— Bien sûr.

— Certain ? insiste-t-il. C'est que… Caro m'a expliqué pour… pour ton œil… Alors, je voulais savoir comment tu te sentais.

Sonia soupire de déception. La Caroline, elle ne pouvait pas tenir sa langue? Maintenant, toute l'école doit être au courant! Comme un défi, elle dit en relevant le menton :

— Regarde! J'ai tous mes morceaux, il ne me manque rien. Tout est parfait dans le meilleur des mondes.

Benoît ouvre la bouche, mais c'est quelqu'un d'autre qui s'écrie derrière lui :

— Ah! Si ce n'est pas Sonia… la Musclée! La reine des batailles de rue!

C'est Charles, Charles la grande gueule, comme Sonia a envie de le surnommer en ce moment, qui vient de la saluer d'une façon sarcastique. Sonia hausse les épaules et continue de fouiller dans sa case. Benoît claque de la langue avec un air exaspéré : il n'avait vraiment pas besoin de la présence du zouave. Et tous les autres étudiants qui sont là dans le vestiaire et qui tendent l'oreille : ce qu'ils sont curieux!

— Charles, tu n'es pas drôle, chuchote Caro, qui le suit de près avec Stéphane.

Sans tenir compte de la réflexion de la jeune fille, il fait un clin d'œil à son cousin et poursuit :

— Tu sais que c'est très mal, ce que tu as fait là, Sonia?

Sonia, qui est bien décidée à ne pas entretenir une conversation avec lui, ne bronche pas. Mais Benoît n'entend pas laisser Charles insulter son amie.

— De quoi est-ce que tu parles, le grand pic?

— Tout ce que je veux dire, c'est qu'elle aurait pu traumatiser pour la vie ce pauvre petit maniaque. Y as-tu pensé? Le mordre en pleine rue et réussir à le faire fuir. Il a dû se sentir terriblement frustré après un tel échec!

De petits rires étouffés fusent autour de Charles, qui sourit béatement, fier de son intervention. Caro s'exclame:

— Tu exagères!

Sonia lève les yeux au ciel en se disant qu'il est vraiment débile. Stéphane reste muet dans son coin et se mordille l'intérieur de la joue nerveusement. Benoît rage: il lui faut une victime. Il pourrait bien sauter sur Charles, mais l'attitude silencieuse de Stéphane le choque davantage. Alors il lui dit pour le provoquer:

— Et toi, qu'est-ce que tu faisais pendant ce temps-là? Te cachais-tu derrière ton cousin? À part conduire une bécane, y a-t-il quelque chose d'utile que tu sais faire dans la vie?

— Benoît Ladouceur, répond Stéphane aussitôt, ménage tes transports. Je n'ai pas de comptes à te rendre, et encore moins d'explications à te donner. Ce que j'ai fait et pourquoi, Sonia le sait et c'est bien suffisant. Pas vrai, Sonia?

Mais la jeune fille n'est déjà plus là. Elle ne veut rien savoir de personne et encore moins de ces trois bouffons qui s'amusent à ses dépens. D'un pas rapide, elle s'enfuit du vestiaire. Fuir, oui, fuir les rires de tous ces étudiants. Ils se moquent d'elle, elle en est convaincue. Tout le monde se moque d'elle!

Elle franchit à peine la porte quand Caroline la rattrape:

— Sonia! Sonia! Ne te sauve pas. Je t'accompagne.

— Je n'ai pas besoin de toi, laisse-moi.

— Non, écoute.

— Écouter quoi? s'écrie vivement Sonia en se retournant. Que tout le monde se paie ma tête! Écoute-les, ils rient.

— Non, Charles blague un peu, mais ce n'est pas méchamment. Il essayait seulement de te faire sourire. Et puis, j'ai plutôt l'impression qu'ils vont se battre, Benoît et Stéphane... Penses-y, deux garçons qui se battent pour une fille, ça devrait te faire un petit velours!

— Ce que tu peux être vieux jeu! Tu devrais plutôt ajuster tes lunettes: Benoît n'est pas en train de se battre avec Stéphane, mais avec Charles. Est-ce que ça te fait un petit velours?

En effet, Charles et Benoît s'affrontent et se bousculent entre les casiers, au grand plaisir d'un certain nombre de spectateurs réunis autour d'eux. Caro court vers le champ de bataille en criant: «Oh! non! Charles!» Sonia hausse les épaules et quitte l'école précipitamment.

Dehors, la température est douce, mais pourtant, Sonia frissonne. Elle penche la tête et avance en comptant les lignes sur le trottoir. C'est un truc qu'elle a découvert, toute petite, pour que le chemin lui semble moins long. Ça lui donne l'impression de marcher plus vite. Aujourd'hui, ça l'empêche surtout de penser.

«Quinze, seize, dix-sept; ce que les gars peuvent être stupides! Vingt, vingt et un; plus débiles que ça, tu meurs! Tout ce qu'ils veulent, c'est tripoter les filles ou se chamailler comme des chats. Des vrais bébés! Où j'étais donc? Je recommence. Un, deux, trois, quatre; et Caro n'est pas plus fine. Ça devrait te faire un petit velours! Qu'elle couche avec son petit velours et qu'elle me laisse tranquille!»

Sonia ralentit soudainement son allure. Une question vient de lui traverser l'esprit. Caroline… Est-ce qu'elle et Charles couchent ensemble? C'est possible. Sonia ne pourrait pas le certifier, mais parfois, quand elle les voit se bécoter, elle les trouve – comment dire? – très intimes.

«Bien sûr que ça ne me regarde pas! songe-t-elle avec une subite colère. Ce n'est pas de mes affaires. Caro peut bien agir comme elle le veut. Marco peut bien coucher avec qui il veut. Stéphane peut bien s'amuser avec qui il veut. Ce n'est pas de mes affaires. Moi, je ne veux pas jouer à ça. Moi, je ne suis pas comme ça. Je suis différente… mais j'aimerais tellement être comme tout le monde et aimer ça. Je n'en suis pas capable, j'ai peur… J'ai peur quand on me touche. Je ne sais pas pourquoi, mais j'ai peur, tellement peur!»

Pour ne pas céder à la panique qui s'empare d'elle, la jeune fille s'efforce de respirer lentement et de diminuer le rythme de ses pas. Elle se dit qu'elle n'a rien à craindre. Pas en plein jour, pas sur son chemin habituel. Elle cherche à se convaincre par de belles paroles. Elle réalise tout à coup que le frisson qui l'agite depuis l'école n'est pas dû au froid, mais à la peur.

Elle reprend le compte des lignes pour faire le vide dans son esprit. Elle est déjà dans sa rue. Elle est rassurée à la vue des voitures qui y passent et des voisins qui vaquent tranquillement à leurs activités. En s'approchant de son domicile, elle reconnaît derrière elle le bruit d'une moto. Quelques secondes plus tard, Stéphane se stationne à ses côtés.

Les lèvres serrées, elle le fixe d'un regard dur. Quelles niaiseries va-t-il encore prononcer ? Stéphane ôte son casque et se passe la main dans les cheveux, avant de poser des yeux timides sur la jeune fille. Puis il dit simplement :

— Je suis désolé ! Sincèrement désolé !

Sonia s'attendait à tout sauf à ça. Il aurait pu lui dire qu'elle ressemblait à un bachi-bouzouk aux oreilles en porte de grange qu'elle n'aurait pas été plus surprise. Durant une ou deux secondes, elle se demande s'il est sérieux. Le plus terrible, c'est qu'il l'est. Si au moins, il se montrait fendant ou désagréable, elle aurait une raison de continuer d'être en colère contre lui. Mais non ! il a l'air repentant comme un chiot qui sait qu'il a commis une bêtise.

— Ça change quoi ? grogne-t-elle.

— Rien, sauf que… je voulais que tu le saches, répond-il avec un haussement d'épaules.

Il a du culot, oui, il a du front tout le tour de la tête. Un peu plus et Sonia aurait envie de le mordre. Évidemment que ça ne change rien et ça ne l'avance guère de le savoir. Ah! Les gars! Il faut toujours qu'ils compliquent tout avec leur fausse allure de clown macho, doublé de celle d'un chiot piteux repentant. Ils ne pourraient pas se contenter d'être naturels et cesser de bousculer les filles! Elle a l'air de quoi, là, debout sur le trottoir à écouter les balivernes de ce beau parleur? Il l'énerve et, néanmoins, elle ne bouge pas.

Stéphane, qui ne perd pas espoir de reprendre avec elle, continue sur le même ton :

— L'autre soir, j'étais vraiment content de sortir avec toi. Je voulais seulement te montrer que j'étais bien avec toi dans mes bras.

— Pour me montrer, j'ai vu, mais pas la même chose que toi! Tu apprendras, Stéphane Patenaude, que je ne suis pas une tomate pour être tâtée comme ça!

— Ce n'est pas ce que j'ai pensé de toi! se défend-il. Mais quand je t'ai serrée contre moi, ça m'a donné le goût de…

Ça lui a donné le goût d'elle. C'est la vérité, mais comment peut-on dire ça à une fille sans l'offusquer? Le désir, est-ce que ça se contrôle?

— Le goût de me tripoter comme un cochon! se fâche-t-elle.

— Non, tu ne comprends pas! Ce n'est pas ce que…

— Ce que je comprends, c'est qu'il y a une grosse ressemblance entre ce qui s'est passé à la danse et après dans la rue, là en face, fait-elle en pointant du doigt l'endroit où elle a été attaquée.

— Sonia, tu fais erreur. Ne me compare pas avec le fou qui t'a sauté dessus. Ce n'est pas pareil.

— Ah! Oui! Où est-elle la différence?

— Lui, il s'en foutait de se trouver n'importe quelle fille et de lui faire mal pour le *kick* de se donner un peu de plaisir. Moi, j'ai des sentiments pour toi et je suis capable de te respecter.

— Pourquoi ne l'as-tu pas fait, d'abord, samedi soir?

— C'est parce que tu es l'amie de Caroline. Elle et Charles sont rendus tellement loin ensemble que j'ai cru que… Enfin, étant donné que tu es toujours avec elle, j'ai pensé que tu étais plus avancée que ça, finit-il par avouer.

— Caroline et moi, nous sommes deux filles différentes. Elle fera bien ce qu'elle voudra avec son grand dada. Je ne suis pas obligée de me jeter en bas du pont Jacques-Cartier si elle le fait.

— Ah! vraiment! Quand est-ce que Caro a décidé de faire ça? plaisante-t-il.

Il ajoute très vite, comme pour s'excuser:

— C'était une blague, juste une petite blague. Je ne recommencerai plus, promis.

Devant le sourire enjôleur et taquin de l'adolescent, Sonia soupire et ne peut retenir un petit rire nerveux. Il est incroyable, ce garçon, même dans les pires moments, il s'arrange pour la faire sourire. La glace qui emprisonne le cœur de Sonia fond doucement. Elle ne le pensait pas réellement quand elle l'a comparé au maniaque, mais elle ressentait trop le besoin de se venger sur quelqu'un. Pourquoi pas sur lui? Maintenant, elle le regrette.

— Stéphane, commence-t-elle sur un ton plus amical, je…

Le garçon profite de ce changement d'attitude pour prendre la main de Sonia. Elle hésite un peu parce qu'elle trouve que, par ce geste, il redevient rapidement possessif. Comment lui faire comprendre?

Une voix brusque, derrière elle, met fin à son dilemme:

— Tu n'es pas gêné, toi, bonhomme, de revenir ici après ce qui s'est passé l'autre soir? D'un autre côté, c'est peut-être mieux ainsi. Tu as des explications à me donner!

C'est Marco, le grand frère, qui arrive du cégep, son sac à dos en bandoulière. Il va enfin avoir l'occasion de dire sa façon de penser au petit rigolo qui a laissé tomber sa sœur, samedi soir. Sonia soupire un «Pas maintenant!» exaspéré, tandis que Stéphane se met sur la défensive. Cette confrontation ne lui plaît pas du tout.

— Je ne vois pas ce que tu veux dire.

— Ce n'est pourtant pas compliqué à comprendre, poursuit Marco en se plantant bien droit devant Stéphane. Si tu te donnes la peine de venir chercher Sonia à la maison, tu te donnes aussi celle de la reconduire. Des gars comme toi, qui ne sont pas fichus d'avoir ce minimum de bonne conduite, je n'en veux plus qui rôdent autour d'elle. C'est clair et net, non?

— Marco, arrête, essaie de dire Sonia.

Stéphane parle plus fort qu'elle en répondant:

— Tu te prends pour qui, toi? Tu n'es pas son père. Je peux...

— Non, mais si notre père était encore vivant, je suis certain que c'est ça qu'il te dirait. Je ne pense pas que tu sois quelqu'un de très responsable et sur qui on peut se fier.

— Qu'est-ce que tu en sais? Je trouve que tu juges le monde un peu trop vite. Si ça me tente de sortir avec elle, c'est moi que ça regarde. Toi...

— Moi, justement, j'étais là pour la protéger, pas toi!

Sonia en a ras le bol. À bout de nerfs, elle crie:

— Sale race de gars! Je suis tannée de vous voir toujours essayer de contrôler les filles. Vous ne pouvez pas nous laisser vivre un peu! Je veux la paix, la paix, la paix!

Sur ce, elle tourne les talons et entre dans la maison, abandonnant ses deux chevaliers servants à leur sort. L'objet de leur dispute les ayant plantés là, les deux jeunes se regardent, mal à l'aise. Stéphane, le premier, sort de sa torpeur en prononçant ce reproche:

— Je venais à peine de me réconcilier avec elle et il a fallu que tu gâches tout.

Il enfonce son casque sur sa tête et met en marche son moteur. Sans un mot de plus, il démarre et laisse derrière lui Marco qui marmotte :

— C'est ça, le cave. Tu veux l'aider et c'est contre toi qu'elle se retourne. Ça t'apprendra à te mêler de ses histoires. Qu'elle se débrouille toute seule la prochaine fois !

Pendant ce temps, à quelques rues de là, Benoît fait claquer furieusement ses talons en se rendant chez lui. Il pense qu'il n'y a pas de justice dans cette maudite polyvalente. Charles le zouave n'a eu qu'un avertissement parce qu'il est un élève modèle, tandis que lui, il a hérité d'une suspension de deux jours pour s'être battu.

« À cause de votre mauvaise conduite antérieure, a décrété monsieur Houde, je me dois d'être sévère. »

Sévère ! À ses yeux, le directeur l'est toujours.

« Que cela vous serve de leçon, monsieur Ladouceur ! Et nous allons immédiatement prévenir vos parents. »

Évidemment ! Benoît est même persuadé que le directeur prendra plaisir à appeler son père. Il va lui radoter qu'avec un garçon comme ça, il faut de la poigne.

« Les vestiaires de l'école ne sont pas des arènes de lutte. Et cette agressivité dont vous faites preuve n'a rien de positif, au contraire. »

Peut-être, mais quel soulagement de pouvoir étamper le grand zouave de Charles. Benoît aurait pu sauter sur Stéphane, mais non, c'est Charles qui l'a fait sortir de ses gonds.

«Ce n'est pas une attitude à avoir dans la vie. Aucun problème ne se règle avec ses poings, apprenez-le! Profitez bien de ces deux jours pour vous calmer, et ainsi revenir avec de meilleures dispositions et des manières plus appropriées, car...»

Benoît avait l'impression d'être un repris de justice ayant récidivé pour la ixième fois. Pourtant, depuis qu'il va à l'école (et ça fait déjà trop longtemps à son goût), jamais encore il ne s'était battu. C'était la première fois! D'accord, il n'a pas toujours été sage comme une image durant les cours, il s'est souvent fait mettre à la porte de la classe parce que son exubérance dérangeait, néanmoins jamais il n'avait été violent auparavant.

Mais cet après-midi, il a vu rouge. Déjà, ce matin, quand il a aperçu les blessures de Sonia, il s'est senti de travers. Puis, quand Caro lui a tout raconté, une rage douloureuse s'est emparée de lui. On aurait dit qu'il souffrait pour elle. Et ensuite, quand cet idiot de Charles a ouvert sa grande gueule pour dire des stupidités, il a eu envie de... de...

Il s'arrête brusquement devant la vitrine d'une pâtisserie et y voit le visage d'un adolescent au regard empli de haine, aux mâchoires tellement serrées par la colère qu'il en est déformé. Ce visage, c'est le sien, c'est son reflet dans la vitre du magasin. Benoît réalise qu'il était prêt à tout casser pour défendre Sonia. Étonné, il découvre au fond de lui une violence qu'il ne connaissait pas.

«Ce n'est pas moi! Ce fou-là, ce n'est pas moi!» songe-t-il, dérouté.

Cette subite découverte l'assomme et le ramène les deux pieds sur terre. Il secoue vivement la tête. Un autre problème l'attend à la maison. Comment expliquera-t-il à son père sa suspension de l'école? Ce n'est que deux jours, mais il ne chômera pas durant ce temps. Il sait d'avance qu'il devra travailler à la quincaillerie familiale et endurer, entre deux clients, les sermons paternels.

Quand il pousse la porte du magasin de son père, il voit, derrière le comptoir, les yeux furibonds de son paternel. Aucun doute, ce soir, il va avoir droit à une beurrée de reproches. Et connaissant son père, Benoît sait que la fameuse tartine sera épaisse!

8

Le grand sec
à la morsure

En réalité, elle n'avait aucune raison de le faire. Quoique… Est-ce un petit remords qui l'a poussée? Après tout, s'il s'est battu, c'est à cause d'elle. Et puis, Sonia trouve que le directeur a abusé de la situation. Deux jours de suspension, ça lui semble injustifié!

Alors, elle est allée chez Benoît après la classe. Histoire de lui donner des nouvelles de l'école: après-demain, il y aura un examen de mathématiques, la remise de la dernière production écrite en anglais et quatre pages à lire dans le livre de sciences physiques. Bref, la routine du secondaire.

Quand elle quitte la quincaillerie, après une conversation succincte et surveillée de près par le père de Benoît, l'adolescent s'installe discrètement à la vitrine pour la voir le plus longtemps possible. Il a l'impression qu'au moins une personne pense à lui. Mais il est déçu, déçu de lui-même. Pourquoi faut-il que, chaque fois qu'il est devant Sonia, il ne trouve rien d'intéressant à lui dire? Dans sa tête, c'est toujours le vide total. Est-ce que ça existe, des cours de bavardage pour attirer les filles? Il songe à Stéphane qui possède l'art de parler pour ne rien dire en douze volumes! Il y en a qui ont vraiment tout: la facilité à communiquer, l'argent, la moto et même Sonia…

Il soupire et retourne à son travail, qui consiste à remettre de l'ordre sur les tablettes. Les clients le font exprès de mêler les vis à têtes carrées avec celles en étoiles, les pentures de deux pouces et demi avec celles d'un pouce et quart. À croire qu'ils sont incapables de toucher à quelque chose et de le replacer au bon endroit.

— Benoît! l'appelle sèchement son père. J'ai déjà un client à servir, occupe-toi de celui qui vient d'entrer.

Benoît acquiesce d'un hochement de tête et se dirige vers le nouveau venu.

— Je peux faire quelque chose pour vous, monsieur?

— J'ai besoin d'un tuyau de deux pieds.

— C'est par ici, fait Benoît en marchant vers le mur du fond. On en a en plastique rigide de différentes grosseurs et en…

L'homme l'interrompt et pointe du doigt un long tuyau de métal en disant d'un ton sec:

— Celui-là! J'en veux deux pieds. Grouille-toi.

«Pas commode, le bonhomme!» songe Benoît en jetant un regard oblique à son client. Celui-ci est assez grand, maigre. Ce que remarque surtout Benoît, c'est sa bouche qui est entrouverte: la lèvre inférieure semble trop épaisse et trop avancée pour s'ajuster convenablement à la supérieure. Il ressemble vaguement à un poisson qui tète les vitres des aquariums.

Benoît baisse les yeux sur son travail et achève rapidement de tailler le tuyau. L'homme lui tend un billet de dix dollars et l'adolescent lui remet sa monnaie sans dire un mot. Quelques pièces tombent par terre. Benoît les ramasse et les dépose dans la main du client. Et c'est là qu'il voit la marque. Elle lui saute aux yeux et le fige sur place. Bien en évidence à la base du pouce, il y a une trace de morsure.

Avant que Benoît puisse réagir, l'homme est déjà dehors et installé dans sa voiture. Une Mustang rouge! Et Sonia qui était ici, il y a à peine deux minutes, est-ce que…?

Stéphane n'a pas eu de chance aujourd'hui. Il espérait bien pouvoir reprendre de nouveau avec Sonia, mais elle a refusé de lui parler. Il avait même apporté avec lui un second casque pour inviter la jeune fille à faire une balade en moto. Mais devant l'entêtement de Sonia, il a dû abdiquer. Ce sera peut-être pour demain.

Après avoir jasé longtemps dans la cour de la polyvalente avec des gars de sa classe, il se décide enfin à quitter les lieux. Comme il n'a pas envie de rentrer tout de suite, il erre dans le Faubourg St-Rock. Il roule sur le boulevard de La Passerelle jusqu'aux Églantiers. En prenant à gauche, il se rend au chemin de la Falaise et grimpe jusqu'au croissant St-Rock. À la lumière, il hésite : traverser la grande avenue pour se promener dans les champs en face ou suivre le croissant, direction ouest ?

Il choisit finalement la dernière option, car il a envie de piquer une pointe de vitesse. Il longe ainsi les limites du quartier et croise presque toutes les rues, même celle de La Passerelle. Un peu plus loin, au coin de Dodgson, il aperçoit Benoît qui gesticule sur le trottoir. Aucun doute, c'est à lui qu'il fait signe.

« Qu'est-ce qu'il peut bien me vouloir, celui-là ? pense-t-il avec un peu de hargne. S'il me cherche, il m'a trouvé ! »

Il s'arrête devant Benoît.

— C'est quoi ton problème ? attaque immédiatement Stéphane. Tu as l'air d'un singe qui court après sa banane.

— Laisse faire tes paroles aimables, s'écrie Benoît en s'emparant du casque qui pend à la poignée de la moto. Tu tombes pile. J'ai besoin de toi.

— Mais qu'est-ce que…, proteste Stéphane.

— Le fou, celui qui a attaqué Sonia, je l'ai vu. Regarde, c'est l'auto rouge qui attend à la deuxième lumière.

Benoît enfourche la moto et crie à Stéphane d'avancer, mais celui-ci ne bouge pas. Il objecte plutôt :

— Ce n'est pas parce qu'il a une voiture semblable que c'est le même gars !

— J'ai vu où il a été mordu. Là ! Dans la main. Avance, la lumière a changé, on va le perdre.

Stéphane accepte enfin le rôle que Benoît veut lui faire jouer et rince son moteur. L'aventure le grise et c'est avec le sourire aux lèvres qu'il se lance à la poursuite de la Mustang, en dépit de toute prudence. Malheureusement pour les deux jeunes, la voiture a trop d'avance et ils la perdent de vue dans la grande courbe du croissant St-Rock.

Benoît fouille des yeux les alentours, mais ne la retrouve pas. À tout hasard, Stéphane tourne sur la rue des Églantiers. C'est une grande artère, il est possible que leur maniaque l'ait empruntée. Stéphane conduit jusqu'à l'hôpital puis, n'ayant rien aperçu de suspect, il vire de bord. Il se demande si le conducteur de l'auto rouge les a repérés. C'est possible, Benoît ne passait pas inaperçu sur le trottoir. Alors le fou est caché quelque part !

La moto revient au croissant, juste à temps pour voir la fameuse voiture sortir d'une petite rue transversale. Stéphane est convaincu qu'il a essayé de les semer. Benoît crie pour se faire entendre :

— Approche-toi qu'on puisse lire le numéro de sa plaque !

Sans répondre, Stéphane essaie de gagner du terrain, mais la voiture coupe au sud et traverse la voie ferrée. Stéphane fait de même et se retrouve dans un vaste terrain vague. Il n'y a plus vraiment de rue, mais plutôt un chemin de terre cahoteux. Stéphane sent que le vent tourne en sa faveur. La structure de la Mustang est beaucoup trop basse pour l'endroit, elle doit ralentir, tandis que lui, avec sa moto tout-terrain, il peut même prendre de la vitesse.

Une idée folle germe dans son esprit : pour-quoi ne pas couper la route à l'affreux bon-homme et le forcer à sortir de sa voiture ? Et s'il arrêtait le maniaque, ce serait encore mieux ! Sans se soucier des bosses et des trous, il bifurque un peu vers la droite et tente de dépasser la voiture. Benoît s'agrippe de toutes ses forces au siège de la moto, mais il sent que ses doigts glissent à chaque bond.

La moto se faufile entre les arbustes et se place enfin devant la voiture, qui dérape brus-quement en freinant. Benoît, qui ne peut résister à la dernière secousse de la moto, perd l'équilibre, tombe et s'étale de tout son long tout près de la Mustang. Plus mort de peur que blessé, Benoît ne bouge plus. Stéphane, qui maîtrise parfaite-ment son engin lorsqu'il est seul, serre la voiture de plus près pour la forcer à stopper.

Le chauffeur de la Mustang, excédé par ce petit jeu dangereux, arrête sa voiture et ouvre violemment la portière. Croyant avoir gagné, Stéphane abandonne sa moto sur le sol et fonce sur l'homme. Celui-ci n'a pas l'intention de se laisser faire et, empoignant le tuyau qu'il vient d'acheter, il en frappe un grand coup sur la tête de Stéphane.

Malgré son casque, l'adolescent est étourdi par le choc et s'écroule. L'homme s'élance pour lui donner un autre coup, quand Benoît se met à hurler:

— La police, voilà la police!

L'homme retient son geste, puis il remonte dans sa voiture et s'éloigne à grand bruit. Benoît se relève et court vers son camarade:

— Stéphane, Stéphane, tu n'as rien?

Stéphane, agenouillé par terre, lui répond d'une voix désespérée:

— Tu appelles ça rien, toi! Regarde mon casque, il est tout abîmé. Si jamais je tombe en moto, je me fracture le crâne, c'est certain.

La réponse de Stéphane, au lieu de rassurer Benoît, le met en colère:

— Hé! le cave! Es-tu malade? Je ne t'ai pas demandé de le suivre pour jouer au casse-cou, mais seulement pour voir sa plaque d'immatriculation. Avec tes niaiseries, on aurait pu se faire tuer tous les deux. Espèce de pas d'allure! C'est toi le Super-pas-de-tête!

— Les nerfs! Les nerfs, Ladouceur! Sur ma moto, c'est moi le *boss*. Et à part ça, son numéro, c'est KPZ 242. J'ai des bons yeux, moi.

— N'empêche que c'était dangereux, reprend Benoît en se calmant. En tout cas, on sait un peu mieux à qui on a affaire.

— Je ne vois pas en quoi? ironise Stéphane. Le type s'est sauvé. Pour le retrouver, il faudrait peut-être passer une petite annonce dans le journal. Perdu chien enragé au volant d'une bombe rouge, numéro de collier K comme kamikaze, P comme pitbull et Z comme…

— Zouave! Tu es pire que ton cousin. Toi et moi, ça ne nous donne peut-être rien, mais la police va être bien contente de l'avoir, ce numéro-là.

— La police…, soupire Stéphane, que l'idée n'enchante guère.

— Quel est le problème? Tu n'as pas ton permis de conduire?

— Bien sûr que si! Arrive, rétorque Stéphane en soulevant sa moto.

Quand Benoît est assis derrière lui, Stéphane lui fait cette remarque:

— Tu sais, avec les policiers, on ne devrait peut-être pas trop insister sur le petit rodéo que j'ai fait en dernier.

Benoît sourit et accepte:

— Compris, on leur dira qu'il s'est arrêté de lui-même en nous voyant, c'est tout!

Rassuré, Stéphane démarre. Au poste de police, qui n'est pas très loin de la polyvalente, les deux jeunes racontent leur aventure et expliquent le rapport qu'il y a avec l'agression de Sonia. Grâce à un ordinateur, le policier qui prend en note leur déposition sait en quelques minutes que la voiture qu'ils ont suivie a été volée samedi dernier.

— De mieux en mieux, fait l'agent, vol qualifié en plus de tout le reste. Malheureusement, ça ne nous aidera pas à le retrouver. D'autant plus que, maintenant qu'il se sait repéré, il est très possible qu'il abandonne la voiture. D'ailleurs, c'est surprenant qu'il ne l'ait pas déjà fait. Il doit avoir une bonne cachette!

— Comme dans le terrain vague? propose Stéphane.

— Oui, il n'y a pas beaucoup de gens qui vont là, reprend l'agent. Nos chances de mettre la main sur l'agresseur de votre amie sont plutôt minces.

— Mais on l'a vu comme il faut…, commence Benoît.

— Suffisamment pour le reconnaître? s'informe le policier.

Les deux jeunes en sont certains. Ils l'ont vu d'assez près pour ne pas se tromper. L'agent va chercher quelques fiches épinglées sur un babillard et les montre aux adolescents. D'un même geste, ils pointent du doigt le portrait-robot d'un homme à la lèvre inférieure trop avancée.

— Ça lui ressemble, remarque Stéphane.

— Oui, c'est lui, affirme Benoît.

— Dans ce cas, votre amie a été la victime du même gars qui a attaqué plusieurs femmes au cours des dernières semaines. Il doit être le genre de maniaque qui pense pouvoir agresser toutes les femmes d'une rue, sans se faire reconnaître.

— Il n'est quand même pas si idiot que ça! rétorque Benoît.

— Tu serais étonné! Une fois, je suis allé en cueillir un qui se faisait bronzer sur son balcon, à quelques maisons d'où habitait une jeune fille violée par lui, deux heures auparavant. Et il était surpris qu'on l'ait retrouvé!

— C'est épais rare, ça! s'exclame Stéphane.

— Oui. Bon, je vous remercie, les jeunes. Si jamais vous avez d'autres informations, revenez me voir.

Stéphane et Benoît se lèvent et se dirigent vers la sortie, quand l'agent les rappelle:

— En passant, dit-il en s'adressant à Stéphane, conduis prudemment. L'asphalte vient vite quand on tombe en moto.

— Oui, monsieur, promis! s'écrie Stéphane en s'éclipsant à l'extérieur.

Il descend les marches en courant, tandis que Benoît regarde sa montre en bougonnant:

— C'est super! Je vais encore avoir droit à un sermon.

— Quoi?

— Ah! C'est mon père. Je ne lui ai pas dit où j'allais.

— Et puis après! Est-ce qu'il faut toujours que le petit garçon à papa lui demande la permission pour aller faire le tour du bloc?

— Si ta grande langue te sert seulement à dire des stupidités pareilles, tu ferais mieux de la couper. De plus, il y aurait moins de bave qui dégoutterait.

— Ouais! Ton père ne doit pas être drôle pour que ça te rende aussi à pic, juste à penser à lui!

— Drôle! Dans son temps, ça ne devait pas exister ce mot-là! soupire Benoît. Ah! Tu ne peux pas comprendre et je n'ai pas le temps de t'expliquer.

Sans plus s'attarder, Benoît traverse le boulevard de La Passerelle à grands pas. Stéphane, qui a une soudaine bouffée de générosité, le rejoint avec sa moto.

— Embarque! Ça va aller plus vite qu'à pied.

Benoît l'examine, comme pour vérifier qu'il ne se moque pas de lui, puis accepte l'invitation.

Quand ils arrivent devant la quincaillerie, la porte est fermée à clef. Le père de Benoît a terminé sa journée de travail et ne doit sûrement pas être de bonne humeur.

C

Assis sur le bord de son lit, Benoît tend l'oreille. De l'autre côté de la porte de sa chambre, il entend un sourd bourdonnement émis par la télé et les encouragements de son père pour son équipe favorite. L'adolescent est habité par le dépit et l'amertume.

— Comment se fait-il que je n'arrive jamais à rien lui faire comprendre? marmotte-t-il. Quand? Quand est-ce qu'il va arrêter de me traiter en bébé? Ce n'est pas parce que je suis seulement en

secondaire 2 que je ne les ai pas, mes 15 ans!
Pourquoi est-ce qu'il a fallu que je sois si poche
au primaire et que je perde deux ans? Aujour-
d'hui, je pourrais être en 4 et j'aurais presque
fini…

Découragé, il s'allonge sur le lit et fixe le
plafond en soupirant. La punition injuste qu'il
subit en ce moment n'a rien pour lui faire voir la
vie en rose. Interdiction de regarder les matchs
des éliminatoires de hockey! Il n'y a pas à dire,
son père sait où ça fait mal!

Un cri de joie lui fait relever la tête: les
Canadiens ont compté un but. Benoît soupire. La
partie semble intéressante, mais il n'y a pas droit,
ni à celle-là ni aux autres. Son père n'est pas le
genre à revenir sur une décision.

«Que ça te serve de leçon! lui avait-il dit en
sortant de table. Tu as davantage besoin d'étudier
que de regarder le hockey. Ça va peut-être te
calmer et te rendre plus responsable. Je n'ai jamais
vu un gars moins raisonnable que toi! Je me
demande ce que j'ai fait pour mériter un enfant
pareil. Il faut toujours t'avoir à l'œil, sans ça…»

Et la longue litanie s'était poursuivie. Tête
baissée, Benoît avait laissé passer l'orage sans dire
un mot. Il espérait ainsi que son père se
calmerait, mais l'effet inverse s'était produit. Son
silence n'avait réussi qu'à aviver la colère de son
père.

Benoît se tourne sur le côté et retient une
grimace. C'est tout de même bizarre qu'il n'ait

pas ressenti la douleur au moment de sa chute de la moto. Il est vrai qu'il était tellement énervé qu'il n'avait pas le temps de réaliser quoi que ce soit. Et même après, au poste de police, il était encore sous le coup de l'émotion. Mais maintenant, à chaque respiration trop profonde, un élancement au bas de la cage thoracique lui rappelle qu'il a dû se froisser une ou deux côtes.

«À quoi pensait-il, aussi, ce fou de Stéphane? Une moto contre une voiture! On n'avait aucune chance. Encore heureux que le type se soit sauvé en m'entendant crier, sinon Stéphane n'aurait pas été mieux qu'une pelure de patate dans un broyeur à ordures!»

Benoît ne peut s'empêcher de sourire en songeant à l'autre adolescent. Il trouve qu'il n'a pas vraiment changé. Il se rappelle l'époque où tous les deux fréquentaient la petite école. Stéphane était toujours le premier à foncer. Il n'était pas le plus grand ni le plus fort des jeunes de son âge, mais il n'avait peur de personne et il s'était taillé une place enviée par plusieurs. Comment se fait-il que Benoît ne l'ait pas reconnu tout de suite à la polyvalente? Il est vrai qu'il a vieilli depuis son départ pour Québec. Benoît est surpris par la mémoire de Stéphane. C'est lui qui l'a reconnu le premier. Pourtant, Benoît avait l'impression qu'un gars comme lui ne devait pas porter beaucoup d'attention à ceux qui l'entourent. L'adolescent se dit qu'il se trompe peut-être sur le compte de Stéphane. Il s'intéresse probablement plus aux gens qu'il n'en a l'air…

«Mais pour l'instant, il s'intéresse surtout à Sonia, soupire Benoît. Ça veut dire que je n'ai aucune chance avec elle. Ouais, toujours les mêmes qui ont tout!»

9

L'union
fait le groupe

Benoît a fait le tour de la cafétéria sans les trouver. Il tente sa chance au café étudiant, puis dans les petits locaux attenants, réservés aux activités sociales des jeunes. Dans celui du fond, il découvre enfin ceux qu'il cherche.

— Avez-vous vu ça dans le journal? s'écrie-t-il sans même prendre le temps de les saluer. Regarde, Sté…

Charles l'interrompt brusquement:

— Tu n'es pas capable de voir que tu déranges? Et puis, on ne t'a pas appelé. Ce n'est pas parce que tu as fait le cow-boy, l'autre soir, avec Stéphane sur sa moto, que tu es invité à rester. Va faire de l'air ailleurs!

Benoît le toise quelques secondes, avant de jeter un regard circulaire sur ceux qui sont rassemblés là. Il semble que tout le monde soit déjà au courant de leur petite chasse à l'homme. À part Charles, il y a Caroline, Stéphane et deux filles de troisième secondaire, Tina et Sophie. Déçu, Benoît demande :

— Sonia n'est pas là ?

— Non, elle non plus ne doit pas avoir envie de te supporter, répond Charles d'un ton supérieur.

Caroline, qui sent que la chicane peut reprendre d'un instant à l'autre, dit vivement :

— De toute façon, depuis lundi, Sonia n'a plus envie de voir personne. Même moi, elle ne veut plus me parler.

— Ce n'est pas une grosse perte, commente Charles.

— Oh ! Ne recommence pas, s'énerve Caro, tu...

Stéphane, qui n'a pas envie d'assister à une scène d'amoureux, essaie de changer de sujet :

— Alors, Benoît, qu'est-ce que tu voulais me montrer ?

— C'est dans le journal du quartier, le portrait-robot du gars qui a attaqué Sonia.

Comme attirés par un aimant, Caroline et Stéphane s'approchent en même temps et se penchent sur la page que leur tend Benoît. Bien en évidence, en haut à droite, un dessin montre un homme au visage quelconque, si ce n'était sa

100

mâchoire inférieure trop grande. En les voyant ainsi occupés, Tina, qui était silencieuse depuis l'arrivée de Benoît, propose à sa copine Sophie d'aller voir ailleurs s'il n'y a rien de plus palpitant. Charles profite de l'occasion pour s'éclipser avec elles.

Benoît est soulagé du départ du grand zouave. Il se sent plus à l'aise pour discuter avec Caroline et Stéphane.

— C'est lui, l'affreux qui a sauté sur Sonia! s'exclame Caro sans porter attention à la disparition de Charles. Il a une tête de malade!

— Tu trouves? fait Stéphane, sceptique.

— Oui! As-tu vu à quoi il ressemble? Il a une face de babouin!

Benoît réprime un sourire et dit:

— Je ne sais pas si ça a un rapport, mais c'est vrai!

— Rapport ou pas, j'ai des doutes, murmure Stéphane.

Caro prend un ton de professeur et rétorque:

— Tu sauras, jeune homme, que les particularités de notre caractère sont imprimées dans les traits de notre visage et dans les lignes de nos mains. Une observation attentive de la physionomie de ceux qui nous entourent nous aide à mieux les connaître.

Benoît émet un petit sifflement et applaudit les dires de Caro, pour lui témoigner une admiration un peu moqueuse. Stéphane renchérit en disant:

— Est-ce que la forme de mon gros orteil peut expliquer la passion que j'ai pour la crème glacée à la vanille et aux brisures de chocolat? Non, non, sérieusement, reprend-il très vite, ce n'est pas cela dont je doute, mais je me demande si cet article-là, dans le journal, va vraiment aider à retrouver le maniaque!

Benoît redevient sérieux et jongle à la question.

Caroline rétorque aussitôt:

— Il n'y a pas d'autre façon de découvrir cet homme. Si quelqu'un l'a vu, il va le reconnaître et avertir la police.

— Malheureusement, rien ne dit que la personne qui l'a vu va lire le journal! Moi, les journaux, ça ne m'intéresse pas. Je ne l'aurais jamais su qu'il y avait le dessin si Benoît n'était pas venu me le montrer.

Caro voudrait bien trouver un argument contre cela, mais elle n'en connaît pas. Benoît hoche la tête et affirme:

— C'est pour ça que c'est si difficile d'attraper un fou pareil. J'ai l'impression que ça fait un bout de temps que les policiers l'ont signalé, mais sans résultat. Rappelle-toi, Stéphane, l'agent nous a montré ce portrait-robot quand nous sommes allés au poste. Donc, ils le cherchent déjà depuis je ne sais quand. Pourtant, ce type-là habite dans le Faubourg, c'est certain.

— Qu'est-ce qui te fait dire ça? demande Caro.

— Pourquoi quelqu'un irait-il acheter un tuyau de métal à l'autre bout de la ville, quand il y a des quincailleries dans tous les secteurs de Montréal? Le policier l'a dit: les maniaques sont souvent tellement sûrs d'eux-mêmes qu'ils ne cherchent pas vraiment à se mettre à l'abri. Et puis, il y a autre chose: la voiture! S'il la cache dans le terrain vague, à côté du croissant St-Rock, il faut qu'il marche jusque chez lui après. Alors, c'est qu'il reste dans le quartier. C'est là qu'il faut chercher.

— C'est logique, mais on ne peut tout de même pas faire le tour des rues avec le portrait et sonner à toutes les portes, reprend Caro.

— Non, concède Stéphane en souriant, mais on peut afficher son visage à l'endroit où il y a le plus de gens qui passent.

— Où ça? demande Caro.

— Ici, à la polyvalente! Il y a des jeunes qui viennent de toutes les rues du Faubourg. Quelqu'un va sûrement le reconnaître. Les étudiants ne lisent peut-être pas le journal, mais ils regardent tous, à un moment ou à un autre, un des babillards de l'école.

— Oui! Super! Sauf que le dessin n'est pas si ressemblant que ça. Je veux dire, explique Benoît, ça manque de naturel un portrait-robot.

— Je le sais bien, fait Stéphane en haussant les épaules, mais on n'a pas de photo.

— Non, mais on peut avoir mieux que ça. Pas vrai, Caroline?

La jeune fille sourit et sort de son sac d'école quelques feuilles blanches, un crayon à mine et une gomme à effacer. Stéphane s'étonne:

— Qu'est-ce que tu vas faire?

— Attends de voir l'artiste à l'œuvre, dit Benoît en le poussant du coude.

Puis, sans donner plus d'explications à Stéphane, il tente de faire une description plus précise du maniaque. Le geste assuré, Caro dessine les traits un à un et, lentement, apparaît le visage de l'homme. Son croquis ressemble beaucoup à celui du portrait-robot, mais avec plus de nuance et de réalisme. Stéphane est muet d'étonnement et d'admiration. Il ignorait totalement les dons artistiques de Caroline. Il est vrai que, depuis qu'elle sort avec Charles, elle a peu de temps pour dessiner. Le zouave occupe tous ses loisirs, comme dirait Benoît.

— Voilà! Est-ce que ça vous plaît? demande-t-elle quand elle a terminé.

— Fantastique! s'exclame Benoît.

— Génial! souffle Stéphane. Tu as des talents cachés.

Sans plus de cérémonie, il agrippe Caro par les épaules et l'embrasse sur les deux joues. Caroline se dégage d'un mouvement de bras et retombe sur sa chaise en rougissant. Benoît, qui voit son trouble, lui fait la morale:

— Si Charles voyait ça…

D'un geste de la main, Caro chasse son amoureux de la conversation et dit:

— Bon, ce n'est pas tout, il faut écrire un message qui explique que cet homme est recherché par la police pour agression et que, si quelqu'un l'a vu, il se doit d'en informer les policiers.

— Il n'y a qu'à prendre le texte qui est déjà dans le journal, dit Stéphane.

D'un geste vif, il déchire le court article sous le portrait-robot du *Messager*. Puis il relève la tête et annonce :

— Il ne reste plus qu'à en faire des photocopies et à les afficher partout dans l'école.

— Si Double-V veut bien nous donner la permission ! objecte Benoît.

Caroline grimace et secoue la main avec incertitude en pensant à elle.

Elle, c'est madame Viviane Visvikis, alias la Vis-qui-Visse ou Double-V, la directrice adjointe de la polyvalente. C'est par elle qu'il faut passer pour toutes les permissions spéciales dans l'école. Sans son accord, impossible d'afficher quoi que ce soit. Benoît recule un peu :

— Ne comptez pas sur moi pour la convaincre. Je ne suis pas dans ses bonnes grâces. Surtout après ce qui s'est passé lundi…

— O.K. J'ai compris, soupire Caro. Je vais y aller. Peut-être va-t-elle daigner m'écouter.

— On va tous y aller ensemble, propose Stéphane. Après tout, tu n'es pas toute seule dans cette histoire. C'est notre idée à nous trois. C'est à trois qu'on fait les démarches.

Benoît oscille entre deux décisions, puis il hoche la tête. Il ne les laissera pas tomber, il en a vu d'autres. Caroline est soulagée de ne pas avoir à affronter seule «la terreur des profondeurs, tapie dans son antre».

Tout en ébauchant des plans d'attaque loufoques pour forcer la directrice adjointe à accéder à leur demande, les trois jeunes se dirigent vers les locaux de la direction. Debout près du bureau de la secrétaire, une femme grande et forte donne ses instructions à une jeune femme déjà débordée de travail. Le visage autoritaire, les cheveux ébouriffés, la forte odeur de parfum et l'accent grec très prononcé ne laissent aucun doute sur l'identité de ce mastodonte.

— Madame Visvikis, demande Caro d'une voix polie, est-ce qu'on pourrait vous parler un moment?

La directrice adjointe a eu un avant-midi un peu trop occupé à son goût. Elle a dû affronter le mécontentement d'un parent furieux de la sévérité d'un enseignant envers sa petite fille chérie (une copie de 100 fois pour un banal devoir non remis, quelle injustice! même si c'est la troisième fois que ça se produit en une semaine). Deux policiers sont venus la prévenir qu'ils soupçonnaient la présence de revendeurs de drogue dans sa polyvalente et qu'ils allaient effectuer une visite impromptue des lieux avec un chien renifleur. Et la direction de la Commission scolaire attend son rapport sur les activités mises en place pour contrer la violence dans les écoles. Elle n'a pas eu une minute à elle.

C'est pourquoi, visiblement dérangée par cette jeune intruse, elle répond un peu trop sèchement:

— Je n'ai pas le temps maintenant, revenez demain après 15 h.

Caro reste bouche bée. Elle ne s'attendait pas à se faire retourner aussi rapidement. Benoît, qui aimerait bien que leur projet se réalise au plus vite, insiste :

— C'est que c'est urgent et très important.

La femme le toise d'un regard autoritaire avant de laisser tomber :

— Benoît Ladouceur, ce qui est important et urgent, c'est que tu te décides enfin à t'appliquer à l'école. J'ai eu une longue conversation avec ton père, hier. Il va falloir que tu te poses des priorités : étudier et devenir responsable ! Je ne vois pas ce qui pourrait passer avant cela.

— La vie et la sécurité d'une de vos élèves, suggère Stéphane.

Madame Visvikis reste la bouche ouverte pour un instant, son sermon brusquement coupé par l'intervention de ce jeune inconnu. Elle se tourne vers lui et, avec ses yeux noirs, elle l'examine de la tête aux pieds avant de lui demander son nom.

— Stéphane Patenaude, je suis nouveau à l'école, mais ça, ce n'est pas important. Attendez, je vais vous montrer quelque chose. Vite, Benoît, ton journal. Regardez : cet homme a attaqué une fille de l'école.

— Est-ce que cela s'est produit sur le terrain de la polyvalente ? demande la femme, soudain inquiète de devoir régler un nouveau problème.

— Non, mais…

— Dans ce cas, je ne vois pas en quoi cela concerne la direction. Allez voir les policiers.

Trouvant qu'elle leur a suffisamment accordé de temps, elle tourne les talons et se prépare à entrer dans son bureau. C'est mal connaître Stéphane. Il n'a pas envie d'abandonner aussi vite. D'un pas assuré, il se place entre la directrice adjointe et la porte, et réplique :

— Ce en quoi cela concerne la direction, c'est qu'en affichant le portrait de l'homme à l'école, on augmente les possibilités de le retrouver et de permettre à la police de mettre la main dessus.

— Pardon ! s'écrie madame Visvikis, offusquée.

L'audace du jeune la surprend et la choque. Elle avait pourtant clairement signifié que l'entretien était terminé, et le voilà qui poursuit la conversation, non, pire, qui la poursuit, elle, la directrice adjointe !

— C'est simple à comprendre, reprend Stéphane en articulant lentement. Le maniaque se promène dans le Faubourg St-Rock, il est même probable qu'il y habite. N'importe quel étudiant de l'école risque de le rencontrer un jour ou l'autre. Alors, en affichant son portrait, on aide à la prévention d'une autre agression et à l'arrestation de l'homme.

Les lèvres pincées, madame Visvikis a patiemment écouté le discours de l'adolescent, attendant le moment propice pour le remettre à sa place avec les mesures correctrices qui s'imposent, quand elle a accroché à un mot : prévention ! N'est-ce pas là le grand thème de la Commission scolaire pour cette année ? La prévention de la violence, la prévention de l'abandon scolaire, la prévention… Aurait-elle, par hasard, devant elle, en chair et en os, un moyen d'attirer sur elle les regards bienveillants des commissaires ? De plus, cela serait tout à fait pertinent dans le rapport qu'elle doit produire en toute hâte.

— Montrez-moi le portrait, ordonne-t-elle.

Le croquis dans une main et l'article dans l'autre, elle les examine rapidement. Un faible sourire se dessine sur ses lèvres. D'un geste, elle invite les trois jeunes à la suivre dans son bureau. Stéphane fait un clin d'œil malicieux à ses deux comparses. L'affaire est dans le sac !

C

Il est rare, très rare que l'intercom serve à diffuser un message pour l'ensemble de la polyvalente. Sans autre avertissement qu'un grésillement qui irrite les oreilles, la voix de la directrice adjointe se fait entendre partout dans l'école :

— Attention à tous ! Déposez vos crayons et cessez pour quelques instants votre travail. J'ai une communication de la plus grande importance à vous faire.

Sagement installée à son pupitre pour un examen préparatoire en français, Sonia relève la tête. Dans la classe, il y a des rires et des murmures qui étouffent le message, jusqu'à ce que les bavards obéissent aux «chut!» impératifs des autres.

«... événements malheureux depuis quelque temps. En effet, il semble qu'il y ait, dans notre quartier, un inconnu qui prend un malsain plaisir à agresser les femmes sans défense. Ce dangereux homme se promène dans nos rues à bord d'une voiture rouge de marque Mustang, dans l'espoir de rencontrer une victime. Ce fou s'attaque à n'importe qui; même l'une de nos jeunes élèves de deuxième secondaire a eu à subir ce triste sort...»

Sonia en a le souffle coupé. Il est évident que c'est d'elle que l'on parle. Elle sent ses joues devenir rouges et la sueur mouiller la racine de ses cheveux. Tout le monde sait maintenant ce qui lui est arrivé! Elle tremble à l'idée que la Double-V prononce son nom dans l'horrible boîte à son accrochée au mur.

«... ce malheureux incident s'est produit samedi dernier au sortir de la danse, alors que cette jeune fille retournait chez elle...»

Les mains de Sonia sont moites et trem-blantes. Son cœur bat tellement fort qu'elle a de la difficulté à comprendre les paroles qui suivent.

«... Malgré le chagrin immense qui nous est causé par cette nouvelle, les membres de la direc-tion se réjouissent de la solidarité qui unit nos jeunes. Certains d'entre vous, émus par cette dure épreuve, ont décidé de mettre à contribution leur talent pour venir en aide à cette victime. Nous sommes fiers de vous faire savoir qu'un portrait de l'agresseur a été réalisé par une étudiante de deuxième secondaire.»

Estomaquée, Sonia se tourne d'un bloc vers Caroline, mais elle a trop de larmes dans les yeux pour bien voir l'expression de son amie. De son ex-amie qui l'a trahie! Sonia se sent ridiculisée devant tous.

«... comme il est probable que l'homme habite dans le Faubourg, nous demandons à chacun d'entre vous de porter une attention particulière au portrait qui est affiché sur tous les babillards. Si vous croyez le reconnaître, veuillez nous en aviser ou alerter la police. Merci pour votre attention et bonne fin de journée!»

Sonia se demande si la directrice adjointe ne se moque pas d'elle. Comment pourrait-elle avoir une bonne fin de journée après avoir été matraquée de la sorte? La jeune fille refoule ses larmes et cligne des yeux en se penchant de nouveau sur son examen. Au prochain cours, elle ira s'asseoir dans le coin le plus reculé. Personne ne pourra l'examiner comme un objet d'attraction.

À l'autre bout de la classe, Caroline baisse la tête. Elle se sent horriblement embarrassée. Elle se doute bien de tout le mal que cette intervention de la Vis-qui-Visse a dû produire sur son amie. Mais comment faire autrement? En entrant dans le bureau de la directrice adjointe, ils se sont embarqués dans un train sur lequel les trois jeunes n'avaient aucun contrôle. La grosse femme s'est emparée de leur idée et l'a transformée en spectacle pour épater la galerie. Une toute petite annonce expliquant rapidement aux étudiants qu'il y avait un homme à identifier aurait suffi.

Les choses vont déjà assez mal entre elle et Sonia. Il était inutile d'en rajouter!

C

À la fin du dernier cours, Sonia se précipite hors de la classe et fait un effort pour ne regarder sur aucun babillard. C'est presque en courant qu'elle va à son casier pour y prendre ses affaires. Avec des gestes nerveux, elle enfile son manteau et se hâte vers la sortie. Elle évite ainsi de justesse une confrontation entre elle et Benoît.

Sonia ne veut parler à personne, personne! Les yeux fixés sur le trottoir, elle fait quelques pas quand un groupe, massé devant elle, l'arrête.

— Je te félicite, la petite! Tu as pas mal de cran!

Sonia jette un regard surpris à la personne qui l'apostrophe ainsi. Ça lui prend quelques secondes avant de reconnaître les grandes filles de cinquième secondaire qui, l'autre jour, l'ont aidée à camoufler ses marques.

— Moi, je…, proteste Sonia.

— Il fallait le faire! s'exclame la jeune chanteuse. Passer une annonce comme celle-là dans toute l'école! Tu as des chances que ça donne des résultats.

— Ah! se contente de faire Sonia.

Les étudiantes l'entourent et veulent lui démontrer leur soutien moral. Elles parlent toutes à la fois, sans lui laisser le temps de répondre à leurs remarques.

— C'est vrai qu'il faut cesser de se cacher comme des coupables, chaque fois qu'une horreur pareille nous arrive.

— Ça va être une bonne leçon pour les gars. Ils vont peut-être réaliser que la moitié de ceux qui vont à la polyvalente, c'est-à-dire les filles, en ont assez d'avoir peur.

— Les filles aussi, on est capables de faire front contre un ennemi commun.

— Ton maniaque, il ne fera pas long feu. On va pousser dans le dos de tout le monde pour chercher à l'identifier.

— Il n'est pas question de laisser tomber avant de l'avoir trouvé!

— En attendant, aimerais-tu ça si on te raccompagnait? As-tu peur de te promener toute seule?

Sonia reprend ses esprits et répond vivement:

— Non, merci. C'est gentil à vous, mais je suis capable. Je n'ai besoin de rien.

La fille qui lui avait posé cette question sourit et lui donne une tape sur l'épaule en ajoutant:

— Tu as beaucoup de courage, la grande! Bonne chance!

Sonia les salue d'un faible sourire et les regarde traverser la rue. La tête pleine de questions et d'incertitudes, elle se remet en marche. Elle ne remarque pas tout de suite Pierre-Luc qui semble l'attendre au prochain coin de rue.

— Bonjour, Sonia! Est-ce que ça va?

— Ah non, pas toi aussi! Oui, ça va, ça va très, très bien.

Pierre-Luc hoche la tête. Il comprend que c'est tout le contraire. Il voudrait lui apporter son soutien, mais sans la blesser ni la brusquer. Il la connaît depuis longtemps et il partage avec elle un grave secret. C'est un peu cela qui le pousse néanmoins à vouloir discuter avec elle.

— Je sais que tu n'as pas envie d'en parler, mais depuis que j'ai appris ce qui t'est arrivé, je m'inquiète pour toi.

— Ne te fais pas de souci à mon sujet. Je m'en suis tirée avec quelques égratignures et un orgueil éraflé. Rien de grave, comme tu le vois.

— Tant mieux! Avec toutes les rumeurs qui circulent depuis lundi, je croyais que c'était plus terrible.

— Quelles rumeurs? demande-t-elle sur un ton pressant.

— Tu sais, dans une telle situation, plus les gens en parlent, plus l'information est déformée. Enfin, j'avais cru comprendre que tu avais été battue et violée. Certains ont même dit que tu avais été enlevée par un type dans une Mustang rouge et qu'on ne t'avait retrouvée que le lendemain matin.

— Non, mais, qu'est-ce qu'il ne faut pas entendre! s'offusque Sonia.

Puis, elle se tait subitement, réalisant que c'est effectivement le danger qu'elle a involontairement couru. Depuis samedi soir, elle a refusé d'envisager ce qui lui serait arrivé si son frère n'était pas venu à sa rescousse aussi rapidement. Cette brusque confrontation avec cette possibilité la met tout à l'envers. Elle fait un effort pour répondre :

— Ça n'a pas tourné au drame, heureusement. Je m'en suis sortie sans trop de dommages, comme tu vois. Ç'aurait pu être pire, je m'en rends compte. C'est gentil à toi de t'en inquiéter. C'est vrai que j'ai été attaquée par un maniaque, mais heureusement que j'ai un grand frère qui veillait au grain. Finalement, il y a eu beaucoup plus de peur que de mal.

— C'est tant mieux si tu t'en es tirée sans trop de mal. Ça t'évite toute une panoplie de tests désagréables à l'hôpital.

— Pourquoi est-ce que j'aurais passé des tests ? demande-t-elle, étonnée.

— Pour vérifier ton état de santé. Ce fou-là aurait pu te transmettre n'importe quelle maladie comme…

Il laisse sa phrase en suspens et hausse les épaules. Elle comprend aussitôt qu'il veut faire allusion au sida. Pierre-Luc est né avec cet horrible virus en lui. Il ne souhaite à personne, surtout pas à Sonia, de vivre avec cet angoissant problème. De toute la polyvalente, elle est la seule à qui il a confié son secret. Sonia lui sourit :

— Je te le répète, ne t'inquiète pas pour moi. Je n'ai rien attrapé de tel. Il m'a tabassée, bousculée et même frappée, mais c'est tout. Pour être franche, ce dont j'avais le plus peur, ce n'était pas l'agression sexuelle. Non, ce qui m'effrayait, c'était la crainte de mourir. J'ai vraiment cru qu'il allait me tuer. C'était terrible de penser que quelqu'un voulait ma mort.

Bouleversée par cette idée, Sonia ne pense qu'à retourner chez elle au plus vite. Elle quitte Pierre-Luc sur un petit salut prononcé un peu trop brusquement et s'enfuit à grandes enjambées. Plus vite elle rentrera à la maison, mieux ce sera.

10

Sors de ta cachette!

Ce matin, Caroline attend Sonia de pied ferme. Il faut qu'elle ait avec elle une bonne explication. Quatre jours sans se parler, c'est beaucoup trop. C'est pour cela qu'elle a fait un détour pour s'installer au coin des rues de l'Alliance et Wodehouse.

Piétinant sur place, elle guette l'arrivée de son amie. Quand, enfin, elle l'aperçoit qui approche, elle pousse un soupir de soulagement.

— Salut! lui dit-elle.

Sonia détourne la tête pour ne pas la regarder et allonge le pas. Caro lui colle aux talons.

— Arrête de courir comme ça! s'écrie Caro. Il faut que je te parle.

— Je n'ai rien à dire, fait sèchement Sonia.

— Mais moi, je veux te parler!

Sonia se tourne brusquement et grogne:

— Tu ne trouves pas que tu en as assez dit? Toute l'école est au courant maintenant. Pas moyen d'avoir de secret dans la vie! Et en plus, mon agression est déformée par les rumeurs des mauvaises langues.

— Personne ne sait qu'il s'agit de toi. La Double-V ne t'a pas nommée.

— Encore heureux! s'exclame Sonia en colère. Tant qu'à y être, elle aurait pu tout aussi bien donner mon adresse et mon numéro de téléphone avec un «Avis aux intéressés»!

Caro soupire:

— Je le sais qu'elle a exagéré, mais on ne pensait pas, ni moi, ni Benoît, ni Stéphane, que ça tournerait comme ça.

— Oh! Parce que ces deux-là sont mêlés à ton histoire. On aura tout vu.

Avec un geste d'impatience, Sonia quitte Caro. Celle-ci la suit de loin, car quelque chose la retient de l'aborder de nouveau. Elle a l'impression que ça ne servirait à rien.

Sonia entre en coup de vent dans le vestiaire. Sans un sourire ni un salut pour qui que ce soit, elle s'affaire dans sa case. En se retournant, elle voit Benoît et Stéphane qui arrivent près d'elle. Comme il n'y a pas d'autre chemin pour sortir, elle ne peut les éviter.

— Écoute, Sonia, commence Stéphane, on aurait deux mots à te dire. À propos d'hier…

— Moi, j'en ai seulement un mot à vous dire, réplique-t-elle avec hargne. Plus débiles que ça, tu meurs !

Elle fonce vers l'escalier en bousculant tout devant elle. Les deux garçons qui se sont rangés pour la laisser passer se lancent un regard peiné et coupable.

— On n'aurait peut-être pas dû, murmure Benoît.

— Tu avais peut-être une meilleure idée ? explose Stéphane. On était tous d'accord, hier, pour l'aider. Ce n'est pas de notre faute si elle n'en veut pas de notre aide.

— C'est parce qu'elle est tellement malheureuse.

— Je le sais bien, dit Stéphane sur un ton plus calme.

Avec un haussement d'épaules qui signifie qu'il n'y peut rien, Stéphane se dirige vers sa classe. Benoît demeure songeur devant sa case. Sonia est triste et en colère. En colère contre tout le monde ! Même contre Stéphane ! Est-ce une consolation pour Benoît ?

C

Caro a essayé par deux autres fois de faire la paix avec Sonia, mais sans y parvenir. Il faut pourtant qu'elle lui fasse comprendre le comment et le pourquoi de l'intervention de la directrice adjointe. Sonia ne peut pas rester éternellement enfermée dans sa peine. Il y a sûrement quelqu'un avec qui elle parle; elle boude à l'école, mais sûrement pas à la maison.

C'est pour cette raison que Caroline se rend à la pharmacie. En poussant la porte vitrée, elle reconnaît l'employée à l'uniforme blanc, qui compte la monnaie derrière le comptoir. C'est la mère de Sonia.

— Bonjour, madame Pelletier.

— Tiens! Bonjour, Caroline. Ça fait longtemps que tu n'es pas venue à la maison.

— Oui, et comme les choses sont parties, j'ai l'impression que ça va prendre une éternité avant que je puisse remettre les pieds chez vous.

Sylvie Pelletier fronce les sourcils et fixe la jeune fille quelques secondes avant de dire :

— C'est vrai que ma fille traverse une période difficile ces jours-ci, mais je ne pense pas que ça devrait t'éloigner d'elle.

Mal à l'aise, Caroline tente d'expliquer :

— C'est que… elle est fâchée contre nous. En voulant l'aider, on a fait pire.

— Comment…

Sylvie se tait en voyant un client qui s'avance vers son comptoir. Elle fait un petit geste à Caro pour lui signifier d'attendre un moment.

Après quelques minutes, le client étant servi et parti, elle entraîne la jeune fille à l'arrière de la boutique et demande à une autre employée de s'occuper de la caisse durant son absence.

Lorsqu'elles sont enfin seules dans l'allée des shampoings, Sylvie interroge Caroline sur ce qui s'est passé. Visiblement embarrassée, l'adolescente raconte les événements de la veille et termine avec cette excuse:

— C'était pour bien faire! On aimerait ça que le maniaque soit arrêté. Sonia se sentirait plus en sécurité.

— Je comprends. C'est donc à cause de cette histoire que ma fille était tellement en colère, hier soir. Si tu es venue me dire tout ça, c'est parce que tu voudrais que je la calme et que je lui explique…

— Oui, dit Caroline soulagée, vous seriez bien aimable d'arranger cette affaire-là. On l'aime, Sonia, et on n'a jamais voulu lui faire de mal.

— Je sais, je sais, la réconforte Sylvie. Je vais faire de mon mieux. Mais je pense qu'il faut aussi compter sur le temps. Essayez de ne pas la bousculer et tout devrait rentrer dans l'ordre.

Encouragée par ces bonnes paroles, Caroline quitte la pharmacie. Sylvie reprend sa place derrière le comptoir, tout en songeant à la manière d'amadouer sa jeune tigresse.

À 8 h 15, lorsqu'elle entre chez elle, Sylvie trouve Marco en pleine préparation du souper. Son fils l'interpelle sans façon:

— Il ne reste plus beaucoup de sauce à spaghetti. J'espère en avoir assez pour ce soir.

— Ça devrait aller. Tu es bien serviable de faire bouillir les nouilles avant mon arrivée.

— Je n'ai pas le choix, j'ai faim !

— Plus vorace que toi, ça doit être rare. Ce n'est pas comme ta sœur, elle ne mange plus depuis quelque temps. À propos, où est-elle, Sonia ?

— Dans sa chambre, chuchote Marco. Et elle n'est pas de bonne humeur ! Attention de ne pas te faire mordre, si tu vas la voir.

Sylvie secoue la tête. Il ne sera probablement pas si simple de faire entendre raison à sa fille. Elle frappe doucement à la porte de la chambre de Sonia.

— Quoi ? fait une voix impatiente.

— Puis-je entrer quelques minutes ? demande Sylvie.

— Bien sûr ! répond Sonia en fermant un de ses cahiers d'un geste brusque.

Sylvie va s'asseoir sur le lit de sa fille, tandis que celle-ci, installée à son bureau, se retourne pour lui faire face. Sylvie hésite, elle cherche encore les mots pour amorcer cet échange. N'ayant rien trouvé de plus subtil, elle se contente d'ouvrir son cœur :

— Sonia, ma grande, je t'aime !

Ce n'est pas la première fois que la jeune fille reçoit un tel aveu. Toute petite, ça la flattait et elle se sentait au septième ciel.

Puis, en vieillissant, elle était gênée de montrer qu'elle appréciait cette marque d'affection, alors elle s'est inventé une phrase pour désamorcer la situation et cacher son embarras. Sans réfléchir, elle la lance à sa mère:

— Je te comprends, moi aussi, je m'aime!

Un sourire gêné et moqueur glisse sur les lèvres de Sonia. Du coin de l'œil, elle voit que sa mère en fait autant. Mue par un ressort, l'adolescente quitte sa chaise et se blottit contre Sylvie qui caresse les cheveux de sa fille.

— J'aimerais savoir quoi faire pour t'aider…

— Oh! Pas toi aussi, je t'en prie! soupire Sonia en se dégageant. Tout le monde veut m'aider. Vous êtes-vous donné le mot? Lâchez-moi un peu! Même les gens que je ne connais pas veulent mon bien. J'ai l'impression que je deviens la fille la plus célèbre de l'école: Sonia, l'agressée! Votez pour la fille la plus *in* du Faubourg!

— N'exagères-tu pas un peu?

— Non, tu ne les as pas vus, toi! Il y a toujours une fille pour me féliciter de mon courage, une autre pour me dire: «C'est beau, continue». Continue! Continuer quoi? Je ne fais rien! Et je n'en ai pas, du courage. J'ai peur! Je suis morte de peur! J'ai peur… j'ai peur…

Des sanglots plein la voix, elle s'effondre sur son oreiller en pleurant et en répétant qu'elle a peur. Sylvie est bouleversée. Elle se serre contre sa fille et dit tout ce qui lui passe par la tête. À bout d'arguments, elle se contente de répéter:

— Je te comprends, je te comprends…

Le visage enfoui dans ses couvertures, Sonia s'écrie avec rage:

123

— Non, personne ne peut comprendre s'il n'est pas passé par là!

Sylvie prend un ton offusqué:

— T'imagines-tu que tu es la première fille à qui ça arrive?

Puis, réalisant trop tard ce qu'elle vient de dire, elle se mord les lèvres. Sonia sanglote une ou deux fois avant de se retourner vivement:

— Qu'est-ce que tu veux dire?

Sylvie ouvre la bouche pour dire «rien du tout», mais se ravise. À quoi bon se taire? Sa petite fille n'est plus une petite fille.

— Sonia, c'est triste à dire, mais depuis que le monde est monde, il existe une catégorie d'hommes qui prennent plaisir à attaquer les femmes. Même quand j'étais jeune, on n'était pas à l'abri.

— Comment…, fait Sonia les yeux grands ouverts par ce qu'elle croit découvrir. Tu… toi aussi?

Sylvie hésite encore, mais si cela peut soulager sa fille, elle veut bien parler.

— Oui, et j'avoue que j'ai été chanceuse comme toi. Ç'aurait pu être pire. J'habitais encore à la campagne dans ce temps-là. Pour me rendre à l'épicerie, j'empruntais toujours un petit raccourci qui débouchait sur la grande route près du cimetière. C'était l'automne, il faisait froid et noir de bonne heure. Je me rappelle avoir vu la camionnette arriver à toute vitesse. Ses lumières m'aveuglaient, mais ça ne me dérangeait pas vraiment. C'est quand elle a freiné brusquement que je me suis sentie bizarre, comme dans un rêve. Ensuite, ça a tourné au cauchemar. Je courais, je ne savais pas où me cacher, et ils étaient juste derrière moi. Deux hommes. Je les entendais se rapprocher, m'appeler. Ils étaient là, de plus en plus près, jusqu'à ce qu'une main tire sur ma veste. Heureusement, je ne l'avais pas attachée. Elle a glissé de mes bras et la peur m'a fait courir plus vite. Je suis entrée dans le cimetière et je me suis glissée derrière une pierre tombale. Il faisait très sombre et je crois qu'ils n'avaient pas tellement envie de me chercher à cet endroit-là. Je les ai entendus repartir en camionnette et ça m'a pris longtemps avant de pouvoir me relever. C'est tout!

Sylvie qui, pendant qu'elle racontait son histoire, regardait Sonia, tourne la tête et aperçoit son fils, debout dans l'embrasure de la porte. Bouche bée, yeux agrandis par la stupéfaction, il fixe sa mère sans réagir, puis il s'agite et prend place sur la chaise de sa sœur.

— C'est écœurant, murmure-t-il enfin avec dégoût et colère.

— Oui, c'est écœurant! s'écrie Sonia. Et tu appelles ça être chanceuse.

— Bien sûr, je m'en suis tirée sans aucun dégât important. Tout ce que j'ai perdu, ce soir-là, c'est ma veste et ma folle et insouciante confiance dans le monde. J'ai enfin réalisé que…

— … les hommes sont des sales maniaques! l'interrompt Sonia.

— Woh! Ne capote pas, objecte Marco. Je suis un homme, moi aussi, au cas où tu ne l'aurais pas remarqué.

— Sonia, reprend sa mère, penses-tu vraiment que ton père était un sale maniaque?

— Non… non, bafouille la jeune fille. Mais je ne comprends pas que tu aies été capable d'aimer un gars après ça! Tu n'avais pas peur?

— C'est vrai que j'ai eu peur pendant un certain temps, même encore aujourd'hui, je me méfie un peu. Ce qui m'a aidée, c'est que j'avais trois grands frères et un père charmants, un peu trop protecteurs sur les bords, mais j'en avais besoin. Ça m'a fait comprendre que les deux hommes du camion étaient des exceptions. Sonia, ce n'est pas parce que tu rencontres un voleur que tout le monde l'est!

— D'accord, mais comment on fait pour les reconnaître?

— J'admets que ce n'est pas si simple. Ce n'est pas écrit dans leur front. Mais, en évitant les situations dangereuses, comme être seule dehors à une heure trop tardive, on met les chances de son côté. Et surtout, il ne faut pas avoir honte. Tu n'es pas coupable, je ne suis pas coupable. Les seuls coupables, ce sont ceux qui agressent.

Sonia soupire:

— C'est plus facile à dire qu'à faire. Quand j'arrive à l'école, j'ai l'impression que tous les yeux sont braqués sur moi. Surtout depuis que la grosse épaisse de Double-V est allée tout raconter au micro. Tout le monde l'a entendue.

— Comment ça? s'exclame son frère.

Sonia s'assoit en indien dans son lit et relate la façon dont la directrice adjointe a procédé pour pousser les jeunes à bien examiner le portrait du maniaque sur le babillard.

— Il y a seulement une chose que je ne comprends pas. Où est-ce qu'elle a pris ce dessin? Moi, je ne lui ai pas vu le visage! Alors, qui l'a vu?

— Deux de tes amis: Benoît et Stéphane, explique Sylvie. J'ai rencontré Caroline aujourd'hui et, comme je m'étonnais de ne plus la voir ici, elle a fini par me raconter des tas de choses. Entre autres, que les deux garçons ont rencontré un homme avec une Mustang rouge et une morsure à la main, qui a acheté un tuyau de métal à la quincaillerie Ladouceur.

— Ce n'est pas vrai! s'écrie Marco. Le maniaque a envie de recommencer, si je comprends bien.

— C'est probable. C'est pour cela, ma grande, qu'il est si important que l'homme soit identifié. La seule façon de le faire, c'est en affichant le portrait-robot à la vue du plus grand nombre de gens. La polyvalente est un excellent endroit pour cela.

Marco se lève et sort de la chambre en murmurant:

— J'espère qu'on va l'arrêter au plus vite et empêcher qu'une autre fille soit attaquée!

Sonia demeure songeuse. Elle n'avait jamais pensé à cet aspect de la situation. C'est vrai qu'elle a eu de la chance. En sera-t-il de même pour la prochaine victime? Elle se sent égoïste de s'être centrée sur elle-même à ce point et d'avoir consciemment ignoré les autres. Mais c'est si difficile de se relever quand on tombe d'aussi haut.

— Moi aussi, je l'espère, chuchote-t-elle.

11

Toujours amies

En se pointant le nez à l'école, le lundi matin, Sonia se promet de faire un effort. Elle marche tranquillement et essaie d'afficher un air calme et serein. Elle sourit à ceux et celles qui la saluent et s'arrête même devant un babillard pour examiner le portrait du maniaque. C'est la première fois qu'elle y accorde de l'attention.

La semaine dernière, elle a tout fait pour fuir cette image qui lui rappelait un atroce souvenir. Le souvenir est toujours là, mais avec moins de vigueur et sans la panique qu'elle ressentait auparavant. Ce qu'il peut avoir l'air moche, cet homme, banal et insignifiant. «Un vrai déficient, se dit-elle avec une moue dédaigneuse, et pas terrible pour cinq cents! Quand je pense que c'est «ça» qui veut faire peur aux filles. C'est trop facile: il accroche n'importe quelle femme, par surprise, dans le noir, avec un tuyau de métal pour lui défoncer le crâne si elle se débat.»

Un frisson lui parcourt l'échine. Elle doit cesser de penser à cela, sinon la peur va la reprendre. Elle secoue la tête et se hâte vers les casiers. Elle est soulagée d'y trouver Caroline. Avant que celle-ci l'ait aperçue, elle la salue. Caro l'observe avec appréhension.

— Ça va mieux, ajoute Sonia.

Caro lui fait son plus beau sourire.

— Tant mieux! Je commençais à m'ennuyer de toi. J'ai tellement de choses à te raconter que j'avais peur que mon cerveau éclate comme un ballon trop gonflé avant de pouvoir le faire. Viens vite, on va se trouver un coin tranquille avant les cours.

Elle entraîne rapidement sa copine dans un des petits locaux près du café étudiant. Chemin faisant, elle commence déjà à lui dire toutes les dernières nouvelles qui lui passent par la tête. Sonia est étourdie par ce bavardage, mais heureuse de l'être. L'affection chaleureuse de Caro lui avait manqué. Il y a tellement longtemps qu'elles se connaissent!

Elle l'écoute en souriant pendant un bon moment, puis, lorsque Caro reprend son souffle, elle demande:

— J'aimerais bien savoir ce qui s'est passé avec Benoît, Stéphane et le fou à la Mustang?

Comme si Caroline n'attendait que cela, elle sourit en s'exclamant:

— Ça, c'est toute une aventure!

Puis elle se lance dans une longue explication où elle raconte l'heureux hasard qui a mis Benoît en face du maniaque. Elle amplifie les détails sur la façon dont Stéphane est intervenu grâce à sa moto et sur la course folle, aux trousses de la Mustang. Sonia s'écrie:

— Stéphane a essayé d'arrêter la voiture avec sa moto! Mais il est malade!

— Je le trouve plutôt brave, fait Caro en battant rapidement des paupières.

— Dans le genre casse-cou, peut-être! Et Benoît, comment a-t-il pu accepter d'embarquer sur la moto de Stéphane? Je croyais qu'ils étaient à couteaux tirés!

— Ils se connaissent depuis beaucoup plus longtemps que tu le penses. Il paraît que, tout petits, ils jouaient ensemble. Stéphane m'a dit qu'il leur est même arrivé de s'amuser une ou deux fois sur les rails de chemin de fer, dans le champ, de l'autre côté, à cette époque-là. Ça a tout l'air qu'ils ont fait plusieurs mauvais coups à eux deux quand ils étaient jeunes.

— Si je comprends bien, ils sont redevenus amis depuis la semaine dernière.

— Oui.

— Charles ne doit pas être trop content.

Caroline hausse les épaules et poursuit son histoire. Elle explique en long et en large la visite des garçons aux policiers et la découverte de Benoît, deux jours plus tard, dans le journal.

Puis, elle aborde un point plus délicat : la brillante idée d'afficher le portrait de l'homme dans l'école. Elle essaie très vite de se disculper.

— On n'a jamais imaginé que Double-V ferait ça, mais on n'avait pas le choix. Si on voulait placer mon dessin sur les babillards, il nous fallait sa permission. Si tu avais vu ça dans son bureau. Elle a sauté sur notre idée comme une affamée sur une biscotte au caviar ! C'est devenu « son » grand projet pour sauver les jeunes filles de la polyvalente des griffes de cet horrible satyre.

Sonia ne peut s'empêcher de rire devant l'imitation que Caro fait de la directrice adjointe. Elle comprend bien que, devant une telle femme, les jeunes ne pesaient pas lourd dans la balance. Elle leur a volé leur bonne action.

— Et ce n'est pas tout : elle a même téléphoné à la police pour vérifier, évidemment, ce qu'on lui racontait et pour demander la permission d'afficher le dessin à l'école. Les policiers ont dû accepter « son » excellente idée, parce qu'elle était tout sourire en raccrochant. Et là, elle nous a mis à la porte en nous assurant qu'elle s'occupait de tout. Si tu avais vu la tête de Stéphane, il avait l'air d'un chiot à qui on enlève un os. Il ne voulait pas sortir du bureau et disait n'importe quoi pour la convaincre d'accepter son aide. Finalement, il n'a pas eu le choix. C'est elle qui représente l'autorité et c'est elle qui a gagné.

— Il était vraiment déçu ?

— Oui, surtout après le message à l'intercom. C'était abominable, la manière dont elle a fait l'annonce. Un vrai *show* de télé-réalité! J'ai vu Stéphane en fin de semaine, il était tout débobiné. Benoît aussi. Ils n'arrêtent pas de dire que la Vis-qui-Visse a serré un peu trop fort, encore une fois. Elle aurait pu essayer de penser à l'effet que ça aurait sur toi.

— Ce n'est pas grave, je suis capable d'en prendre. Maintenant, c'est fini.

— Fini, fini?

— Oui, j'ai décidé de faire une croix sur cet épisode. Non, mieux que ça, j'ai déchiré les pages et je les ai fait brûler. Qu'est-ce que ça m'apporterait de plus de traîner cette sale affaire avec moi?

— Est-ce que tu veux dire que maintenant tu vas recommencer à nous fréquenter? À revenir dîner avec nous?

— Oui, bien sûr. Je n'ai pas le choix, je m'ennuie toute seule.

Caro sourit de toutes ses dents. Elle flotte littéralement de joie, puis elle revient à la réalité.

— On va être en retard, regarde l'heure, s'écrie-t-elle. Vite, dépêche-toi.

Les deux jeunes amies se précipitent hors du local en riant.

12

La chaise musicale

Comme à son habitude, Sonia marche avec les yeux plongés dans un livre. Elle sait bien que Caroline l'attend à la cafétéria pour manger ensemble, mais c'est plus fort qu'elle. Sonia ne peut résister aux charmes et à l'appel de la littérature. Elle a fait un petit détour par la bibliothèque. Maintenant qu'elle a choisi un roman, elle s'approche du comptoir pour faire inscrire son emprunt.

Elle lève rapidement les yeux pour mieux se diriger, retourne au livre et lève de nouveau les yeux. Ce qu'elle aperçoit entre elle et le comptoir la fige sur place. Puis, à pas lents, elle recule pour se dissimuler derrière une étagère. Entre les bouquins, elle épie. Charles, oui, c'est bien lui. Comment pourrait-elle ne pas le reconnaître?

Le grand zouave a un bras autour des épaules d'une grande fille rousse, belle de surcroît! Il ressemble à un gros minet minaudant devant une chatte en chaleur. Sonia en a le souffle coupé. Pauvre Caroline, quand elle se rendra compte du vilain tour que lui joue son ami de cœur, elle va en faire une maladie.

Toujours à l'abri des regards, Sonia observe les deux jeunes. Charles attire contre lui la fille rousse et l'embrasse dans le cou. Il lui caresse le bras et laisse traîner son pouce, d'une manière que Sonia a déjà expérimentée. «Tous pareils, ils ne pensent qu'à ça! s'indigne-t-elle. Après, il va lui lécher les amygdales.»

Charles embrasse effectivement la fille d'une façon plutôt prononcée, qui ne laisse aucun doute dans l'esprit de Sonia sur les intentions de l'adolescent. «Il n'est pas gêné, lui, faire ça ici, en pleine lumière, en face de la bibliothécaire. À sa place, je les mettrais dehors pour attentat à la pudeur dans un lieu public!»

Sonia les entend rire et chuchoter des paroles confuses. Elle se dit qu'il doit encore raconter des niaiseries et des platitudes. Elle a l'impression qu'il en met trop, comme s'il affichait un trophée de chasse. Sonia attend que la lourde porte se referme derrière eux pour quitter sa cachette.

Quelques minutes plus tard, la jeune fille entre dans la cafétéria. Elle a le cœur chaviré quand elle aperçoit Caroline, qui lui fait un petit signe de la main. Celle-ci l'invite à la rejoindre à sa table.

— Il est temps que tu arrives! Je commençais à me demander si tu n'avais pas changé d'idée.

— Non, non, réplique vivement Sonia. J'ai… je suis allée me chercher un livre, c'est tout.

Sonia est déchirée entre deux choix: si elle informe sa copine de ce qu'elle vient de découvrir, elle va lui faire un grand chagrin; si, au contraire, elle se tait, elle se sentira hypocrite et complice du sale coup que mijote Charles. D'une manière ou d'une autre, Caroline aura un choc, alors aussi bien lui dire. Mais comment?

Pour gagner du temps, Sonia déballe lentement son lunch: deux petits pains à la salade de poulet (son sandwich préféré), des bâtonnets de fromage, trois fleurs de brocoli et un jus. Elle mâchonne ses légumes, grignote un pain et sirote sa boisson avant de se décider enfin. C'est au moment où elle ouvre finalement la bouche pour tout raconter qu'il entre dans la cafétéria. À ses côtés, la belle rousse se dandine avec un peu de provocation.

Sonia en reste muette d'étonnement. Le salaud ne se cache même pas! Les yeux de l'adolescente voyagent rapidement, et à plusieurs reprises, de Caroline à Charles et vice-versa.

Quand Caro lui demande à quoi elle joue, Sonia baisse brusquement son regard sur son dîner, rougit et, au risque de s'étouffer avec sa salive qu'elle déglutit avec difficulté, bafouille:

— Rien… rien… je…

Caroline se retourne et voit son *chum* avec une autre fille. Sonia s'attend au pire, sa copine va sûrement faire une crise de larmes. Au contraire, sur un ton dédaigneux, Caro laisse tomber:

— Ah! Ce n'est que ça!

Puis, elle prend une bonne bouchée dans son sandwich aux œufs. Si la mâchoire de Sonia n'avait pas été attachée à son crâne, il lui aurait fallu la ramasser par terre. Ébahie et bouche bée, elle fixe son amie avec incompréhension. Où est donc passée la Caroline, amoureuse folle de Charles? Celle qui était prête à tout pour ses beaux yeux?

Caroline pouffe de rire devant l'air ahuri de Sonia. Elle lui explique finalement:

— C'est vrai, tu n'es pas au courant. J'ai cassé avec Charles.

— Tu as cassé avec Charles!

— Oui, j'ai décidé que j'en avais assez de lui.

Sonia va de surprise en surprise. Elle s'attendait à tout sauf à ça. Elle s'écrie:

— Pourquoi? Tu avais l'air de bien t'entendre avec lui.

Caroline avale une bouchée avant de répondre:

— L'air, peut-être, mais pas la chanson! Il commençait à devenir... Comment dire? Trop entreprenant.

— Trop...?

— Bien oui, bécoter ne lui suffisait plus. Il en voulait davantage de mon petit moi-même et ça ne m'intéressait pas. Et puis, des fois, je le trouvais fatigant. Un peu trop parfait, si tu vois ce que je veux dire!

Sonia l'a depuis longtemps catalogué comme le «plus meilleur» de l'école et n'a jamais pu le supporter à cause de cela. Ce qui l'étonne tout de même, c'est la fausse idée qu'elle se faisait des rapports de son amie avec Charles. Elle qui s'imaginait qu'ils avaient déjà tout accompli ensemble. Elle s'en excuse mentalement à Caroline et se promet bien que, plus jamais, elle ne la jugera aussi vite.

— Tu as l'air de prendre ça assez bien, dit Sonia en souriant doucement. Pendant un moment, j'ai eu peur que ça t'affecte beaucoup. Te retrouver toute seule, tu n'es pas tellement habituée à cela.

— Oh! Mais je ne suis pas toute seule, réplique vivement Caroline. Maintenant je sors avec...

Elle s'arrête au beau milieu de sa phrase, visiblement mal à l'aise. Dans son enthousiasme, elle en oubliait les sentiments de son amie. Il faudra pourtant qu'elle le sache tôt ou tard, mais Caroline se doit de bien choisir les mots qui ne la blesseront pas.

— Avec qui? questionne Sonia, avide de connaître la fin de l'histoire.

— Écoute, il faut que tu comprennes qu'un garçon ne peut pas toujours attendre après une fille. N'est-ce pas?

— Je m'en doute, fait Sonia en haussant les épaules. Et alors?

— Alors... comme tu ne donnais aucun signe d'attachement, tu n'avais pas l'air intéressée, quoi...

Sonia fronce les sourcils. Pourquoi sa copine hésite-t-elle autant? Silencieuse, elle attend que Caroline se décide enfin à lâcher le morceau.

— Ça fait longtemps qu'il espère que tu lui dises un mot gentil, mais tu ne le fais jamais. Il ne peut pas savoir quel genre d'affection tu éprouves envers lui. D'autant plus que, depuis une semaine, tu ne parles avec personne. Lui, il regarde ailleurs, et moi, comme j'ai laissé tomber Charles, j'étais libre. Alors… je le trouve gentil! ajoute-t-elle pour tout expliquer.

Une petite lumière s'allume dans le cerveau de Sonia. Est-ce que, par hasard, Caroline aurait enfin découvert les qualités de…

— C'est lui, chuchote Caro en pointant du doigt la porte d'entrée de la cafétéria.

Sonia regarde en cette direction et le voit debout dans l'embrasure: Benoît! Elle est trop étonnée et bouleversée pour remarquer Stéphane, à deux pas de lui. C'est pourtant ensemble qu'ils approchent des filles. Sonia bouffe son repas en accéléré pour cacher sa déception.

Une voix intérieure lui susurre que le couple Benoît et Caroline, ça n'a aucun sens. Comment Caroline, l'irréfléchie, pourrait-elle apprécier la nature timide et généreuse de Benoît? Pauvre Benoît, elle va le rendre malheureux, c'est certain! Sonia est tellement préoccupée par ses pensées qu'elle ne porte aucune attention à l'endroit où les deux jeunes s'assoient.

Elle répond à leur salut par un vague hochement de tête puisque, de toute façon, elle a la bouche trop pleine pour parler. Ce n'est que lorsque Caroline annonce que Sonia est maintenant au courant que celle-ci consent à lever la tête avec un sourire forcé.

— Je suis content que tu prennes ça aussi bien, dit Stéphane. Étant donné ce que tu as vécu la semaine dernière, je craignais que ça te rende encore plus malheureuse. Mais il faut bien se rendre à l'évidence, toi et moi, ce n'était pas numéro un... Tu es une chic fille. Ça me soulage que tu ne gardes pas rancune envers Caro ou envers moi.

À ces mots, Caroline, qui est à ses côtés, embrasse Stéphane sur la joue. Ce n'est qu'à cet instant que Sonia réalise son erreur. Le nouveau copain de Caro est Stéphane. Le petit pincement au cœur qu'elle avait depuis quelques minutes disparaît soudainement. Benoît, assis près d'elle, lui sourit avec gêne.

Sonia avale sa dernière bouchée en ricanant. Il lui semble que, depuis une semaine, ses amis s'adonnent à un nouveau jeu: la chaise musicale amoureuse. Comme tous les yeux sont braqués sur elle pour savoir ce qu'elle pense, elle lance:

— Je vais m'acheter un gâteau au chocolat pour fêter ça!

D'un mouvement souple, elle se lève sans plus d'explications. D'ailleurs, qu'aurait-elle à expliquer? Que Stéphane peut sortir avec qui ça lui chante? C'est vrai, au fond, qu'elle est bien heureuse pour Caroline. Sa copine a besoin d'un garçon actif et rieur. N'est-ce pas elle qui lui faisait remarquer que Stéphane est gentil, possède une moto et est riche à craquer? Oui, Caro a mis le grappin sur un morceau de choix, que Sonia ne regrette pas. Elle s'étonne elle-même de la désinvolture avec laquelle elle rompt le début de relation qu'elle avait avec lui.

Pendant qu'elle s'éloigne, Stéphane et Caro font des signes à Benoît. De toute évidence, ils lui suggèrent de suivre Sonia pour tenter sa chance. Son lunch à la main, l'adolescent, qui se sent bousculé, se lève. Il s'approche lentement du comptoir et, sans se mettre en rang, il se tient derrière Sonia. Elle se retourne vivement en réalisant sa présence.

— Ah! Tu veux quelque chose?

— Non, j'ai tout ce qu'il me faut. Je… je…

— Tu disais? fait-elle en s'étirant pour attraper un berlingot de lait. Je n'ai pas compris.

De plus en plus intimidé par Sonia qui le regarde à peine, Benoît se demande s'il a raison d'entreprendre cette démarche. Il cherche une porte de sortie pour ne pas avoir l'air totalement ridicule. Pourtant, s'il n'essaie pas aujourd'hui, quand le fera-t-il? Il tente donc d'aborder indirectement le sujet qui lui tient à cœur.

— Je voulais seulement m'assurer que ça ne te dérangeait pas trop pour Stéphane et Caro, dit-il enfin à voix basse.

— Me déranger? s'exclame-t-elle. Pas du tout! Au contraire, je suis bien contente pour eux. Vrai! Je suis convaincue qu'ils sont faits pour s'entendre. Et puis, Stéphane est tellement plus agréable que Charles. Je me suis toujours demandé ce qu'elle pouvait bien lui trouver.

— Oui, moi aussi! s'écrie-t-il en retrouvant son sourire. Le zouave n'était pas un cadeau. Maintenant, il s'est déniché une fille plus à la hauteur de ses aspirations, ajoute-t-il en haussant les sourcils.

— Ah! Vraiment! murmure Sonia, qui le comprend à demi-mot. Tant mieux pour lui. Non! Tant mieux pour Caro!

— Tu as raison, Stéphane est un gars correct, lui.

Sans répondre, Sonia paie son lait et son gâteau, avant de se diriger vers sa table. Benoît, qui la suit de près, n'a toujours pas abordé «la» question. Brusquement, il demande:

— Et toi, dans tout ça? Qu'est-ce que tu vas faire?

Sonia s'arrête et lui lance un regard surpris:

— Moi? Rien! De toute façon, je n'ai pas tellement envie de sortir avec un garçon ces temps-ci.

Comme fin de non-recevoir, on ne peut plus catégorique! Benoît comprend le message et fait rapidement volte-face.

— Oh! Tu sais, moi, je demandais ça seulement pour savoir comment tu allais. Bon, ce n'est pas tout, j'ai quelqu'un à voir. À tantôt!

Ayant ainsi clos la conversation, Benoît quitte Sonia et la cafétéria. La jeune fille revient seule à sa place. Caroline et Stéphane échangent un regard étonné et déçu.

— Où est-il allé, Benoît? s'informe Stéphane.

— Je ne sais pas. Il a dit qu'il avait quelqu'un à rencontrer.

Reprenant espoir, Caro questionne sa copine:

— Alors, as-tu dit oui? C'est d'accord?

Sonia, qui allait engloutir une grosse bouchée de gâteau, hésite une ou deux secondes, la main levée et la bouche ouverte. Puis elle cède à son caprice gastronomique. Elle prend le temps de bien savourer avant de répondre:

— Je ne comprends pas ce que tu veux dire.

Puis elle goûte de nouveau. Stéphane, qui saisit immédiatement ce qui a dû se passer, soupire et hoche la tête. Caroline n'arrive pas à le croire et continue de harceler son amie.

— Voyons, Sonia, ne nous fais pas marcher! Il ne t'a pas lâchée tout le temps que tu étais au comptoir. Ce n'était sûrement pas pour te parler de la pluie et du beau temps. Tu nous agaces.

Sonia leur fait un air ingénu.

— Je ne comprends pas de quoi vous parlez. C'est Benoît dont il est question?

— Évidemment, qui d'autre? se fâche Caroline. Tu ne me feras pas croire qu'il ne t'a rien demandé.

— Rien de spécial, dit Sonia en se creusant le cerveau. Non, je ne vois pas. Éclairez-moi!

Caroline est déçue et a une folle envie d'aller secouer Benoît comme un pommier. Stéphane rit de bon cœur en s'exclamant:

— Sacré Benoît, il ne changera jamais! Plus gêné que ça, tu ressembles à un courant d'air. Benoît, le prestidigitateur! Quand il offre des fleurs à une fille, il les fait disparaître dans sa manche de peur de les lui montrer.

— Lui, je te dis, soupire Caro. Il va falloir qu'on parle à sa place ou quoi?

— Vas-y, explique! s'impatiente Sonia.

— C'est bien simple, commence son amie. Il était supposé t'inviter à la danse de samedi.

— Comme ça, poursuit Stéphane, nous serions sortis tous les quatre ensemble.

Sonia a une impression de déjà-entendu. Ce n'est pas la première fois qu'on lui fait le coup. Une bouffée de colère teinte ses joues de rouge.

— Cette idée-là, est-elle de vous ou de lui?

Caroline est interloquée par cette question. Stéphane répond pour elle.

— Les trois. C'est-à-dire qu'on parlait, l'autre jour, de la prochaine danse et on a eu envie d'y aller ensemble, avec toi. C'est vrai qu'on a un peu poussé dans le dos de Benoît pour qu'il t'invite. Il est tellement timide, mais je le sais qu'il en meurt d'envie. Il crevait de jalousie quand je sortais avec toi.

— Sonia, dit enfin Caroline en retrouvant l'usage de la parole, c'est toi qui avais raison. Benoît est un garçon correct, gentil, pas laid, charmant même.

— Hé! Hé! N'en mets pas trop, s'écrie Stéphane en chatouillant son amie. Je vais finir par croire que tu as un œil sur lui!

Sonia regarde les deux jeunes se taquiner mutuellement, puis sans commentaires, elle reprend la dégustation de son gâteau. Elle lui découvre une saveur légèrement différente. Un soupçon d'espoir et une pincée de contentement y sont ajoutés. Néanmoins, elle conserve sa dignité.

— C'est bien joli, tout cela, mais si Benoît ne m'invite pas lui-même, je ne vois pas pourquoi je m'emballerais. Si je dois sortir avec lui, ce n'est pas à vous de servir d'intermédiaires. Alors, jusqu'à nouvel ordre, je ne vais pas à la danse de samedi.

Stéphane approuve la jeune fille et fait un clin d'œil à Caroline. On peut compter sur lui, l'invitation se fera dans les règles du meilleur savoir-vivre amoureux.

C

Stéphane a bien des défauts, mais il en possède un pire que les autres : c'est le garçon le plus têtu que Benoît ait jamais rencontré. Voilà à quoi pense l'adolescent en surveillant du coin de l'œil Stéphane, qui s'approche de lui pour la centième fois cette semaine.

Benoît sait d'avance ce qu'il va lui dire, c'est pourquoi il l'accueille en lui tournant le dos avec un peu d'impatience. C'est exactement ce qu'il fallait faire pour que Stéphane s'incruste davantage.

— Salut, Benoît ! C'est aujourd'hui le grand jour ! Déjà vendredi, dernière chance.

— Stéphane, va faire du vent ailleurs !

— C'est plutôt toi qui ressembles à un coup de vent. Arrête de te sauver chaque fois que Sonia entre dans une pièce. Comment veux-tu lui parler si tu t'éloignes d'elle tout le temps?

— Qu'est-ce qui te dit que j'ai envie de lui parler? s'écrie Benoît en empruntant l'escalier pour descendre au rez-de-chaussée. Qu'est-ce que tu en sais de ce que j'ai envie tout court?

— Pas besoin d'être devin pour comprendre, réplique Stéphane en le suivant. Et puis, je suis certain que Sonia n'attend que ça.

— J'en doute! Sonia a autre chose à faire que d'attendre après moi.

Stéphane commence à être à court d'arguments. Depuis mardi, il n'a pas cessé de répéter la même rengaine, mais aucun de ses encouragements n'a réussi à convaincre Benoît. Il change de tactique et demande:

— Qu'est-ce qui t'inquiète, comme ça? De quoi as-tu peur?

Benoît s'arrête subitement et affronte Stéphane:

— Qu'est-ce que ça va me donner d'aller me ridiculiser devant elle? Je passe déjà pour l'idiot de l'école. Je n'ai pas besoin d'aller me traîner comme un abruti devant une fille pour qui je ne vaux pas plus qu'un clou. Depuis le temps que je la connais, si je l'intéressais, je m'en serais rendu compte. Ça fait que je suis peut-être débile, mais pas complètement.

Avec un geste de colère, il dévale les dernières marches. Stéphane reste muet d'étonnement, car il réalise que c'est sérieux. Beaucoup plus sérieux qu'il ne l'avait d'abord cru. S'il a bien compris, Benoît est amoureux, réellement amoureux de

Sonia! Sinon, pourquoi craindrait-il autant un refus de la part de l'adolescente?

Il court derrière Benoît et le rattrape à quelques pas de la cafétéria. Il l'agrippe par l'épaule pour le forcer à s'arrêter. Benoît lui fait face, une expression de rage dans les yeux.

— Lâche-moi, grogne-t-il, prêt à se défendre.

Stéphane obéit, mais se place devant lui pour lui bloquer le chemin. Très vite, il lui dit:

— O.K., O.K., j'ai compris. Je suis désolé, sincèrement désolé. Je ne voulais pas te mettre à bout de nerfs.

Benoît regarde Stéphane et songe que le problème avec lui, c'est qu'il est toujours sincère. Comment peut-on rester fâché contre un gars qui te prend constamment par les sentiments? Évidemment, il ne voulait pas le vexer ni lui être désagréable. Il n'avait que des bonnes intentions et pensait que patati et patata... Benoît écoute à moitié les doléances de Stéphane. Son attention est plutôt attirée par le babillard, près de la porte.

Soudain, Benoît pousse Stéphane et, en deux enjambées, il se place devant les annonces de la polyvalente. Il grommelle une exclamation et court vers les locaux de la direction, abandonnant sur place Stéphane et son petit baratin. Celui-ci, qui n'apprécie guère cette façon cavalière d'agir envers lui, le suit à grands pas.

Quand il le rejoint, Benoît trépigne d'impatience devant le bureau de la secrétaire, qui est occupée au téléphone.

— C'est quoi, le problème? chuchote Stéphane.

— Tu n'as pas vu? répond Benoît sur le même ton.

— Non.

— Bien justement, ce n'est plus là pour qu'on le voie!

Stéphane fronce les sourcils en examinant Benoît, puis y pense tout à coup. Il recule de quelques pas et cherche des yeux le portrait-robot du maniaque, qui devrait être affiché près de la porte d'entrée. Il n'y est plus. Avant que Benoît ne puisse lui faire une remarque, la secrétaire s'informe de la raison de leur présence au bureau. Benoît explique de son mieux la subite disparition du dessin et propose d'en installer d'autres.

La jeune femme sourit en expliquant:

— Ce ne sera pas nécessaire. Les policiers ont découvert le maniaque. Il paraît que c'est grâce à un étudiant de première secondaire, qui l'a reconnu. C'était un de ses voisins. À l'heure qu'il est, la police a déjà embarqué l'affreux bonhomme. Ils ont même téléphoné à madame Visvikis pour la remercier de son aide.

Benoît reçoit une superbe claque dans le dos et un «Yahoo» retentit à ses oreilles. C'est Stéphane qui lui fait savoir d'une manière exubérante qu'ils ont réussi.

— Merci, mademoiselle, ajoute rapidement Stéphane avant d'entraîner Benoît.

— C'est Sonia qui va être contente.

— Oui! Viens vite, on va aller la prévenir.

En entrant dans la cafétéria, Benoît se dit que ce vendredi midi est mémorable. Il sait que la nouvelle qu'il apporte va la soulager. Pourtant, en apercevant la jeune fille sagement assise à une table, il ralentit le pas et laisse Stéphane le dépasser.

— Salut, la grande! s'exclame Stéphane en prenant place devant Sonia. Caro n'est pas ici?

— Non, elle n'est pas encore arrivée. Pauvre petit garçon, tu n'es pas capable de te passer d'elle deux minutes!

— Oh! Ce n'est pas tellement elle que je voulais voir, quoique ce que nous avons à dire lui aurait plu.

Au mot «nous», Sonia tourne enfin la tête vers Benoît, comme si elle venait tout juste de remarquer sa présence. Elle lui sourit, ce qui l'incite à s'asseoir à côté de Stéphane. Durant toute la semaine, Sonia n'a rien fait pour se rapprocher de Benoît. Elle n'a pas cherché à l'éviter non plus. C'est lui qui s'est abstenu de venir dîner avec le petit groupe et qui s'arrangeait pour n'avoir besoin de rien quand elle était à sa case.

— Vraiment? fait Sonia en regardant les deux garçons. Qu'est-ce qui pourrait bien intéresser Caro?

— Quelque chose de fantastique! dit Stéphane.

Puis, il se tait, s'appuie à son dossier les mains croisées derrière la tête et s'étire les jambes sous la table. Dans cette position détendue, il attend que Sonia se montre plus curieuse. Benoît demeure silencieux et laisse Stéphane agir à sa guise, parce que la présence de Sonia l'embarrasse. Il se sent comme un plongeur devant une mer glacée.

— Qu'est-ce qui est si fantastique? demande Sonia, consciente du petit jeu de Stéphane.

— Hum, je pense que je ne te le dirai pas. Non, ce n'est pas moi, c'est lui qui va t'annoncer la grande nouvelle, répond Stéphane en pointant Benoît du doigt.

Pris de court, Benoît bafouille:

— Moi… C'est que… je… je veux dire que tout est réglé.

— Réglé? fait Sonia sans comprendre de quoi il s'agit.

— Oui, tout est arrangé, reprend Benoît. Le maniaque, ils l'ont retrouvé et arrêté.

Il faut une bonne minute à la jeune fille pour réaliser pleinement ce qu'elle vient d'entendre. Elle a l'impression que son cœur bat plus vite. Depuis lundi, elle croyait avoir définitivement chassé cette histoire de sa vie et la voilà qui réapparaît devant elle. Évidemment, c'est une bonne nouvelle. Mais combien de temps faudra-t-il pour qu'elle ne soit plus bouleversée chaque fois que quelqu'un y fera allusion? Se forçant pour avoir l'air réjoui, elle dit:

— C'est fantastique! Je ne pensais pas vraiment qu'on pourrait lui mettre la main dessus. C'est Caro qui va être contente, son dessin va avoir servi à quelque chose.

Stéphane saute sur l'occasion pour laisser Benoît et Sonia en tête à tête.

— C'est vrai, il faut que je retrouve Caroline pour *mémérer* de tout cela avec elle. Salut, la gang!

Il les abandonne l'un devant l'autre et sort de la cafétéria. Il attend quelques instants dans le couloir, puis il revient sur ses pas. Il se pointe dans l'embrasure de la porte et jette un coup d'œil aux deux jeunes qu'il vient de quitter.

Il voit Sonia qui mange son lunch, tandis que Benoît s'agite nerveusement devant elle sans rien dire. «L'imbécile, pense Stéphane, il ne va pas laisser passer sa chance. Dis quelque chose, n'importe quoi. Grouille, Benoît!» Benoît bouge effectivement puisqu'il amorce un geste pour se lever, quand il aperçoit Stéphane qui lui fait signe de se rasseoir.

Stéphane gesticule de son mieux pour lui faire comprendre d'en profiter et de faire sa demande. Il en fait tant que les étudiants qui passent près de lui ricanent en le voyant. Avec un sourire enjôleur, il croise les mains pour prier ardemment Benoît d'accomplir ce qui lui semble si ardu.

Poussé par cet encouragement muet, Benoît soupire et se décide enfin. Il tousse un peu pour s'éclaircir la voix et dit la première phrase qui lui vient à l'esprit:

— Est-ce que c'est bon?

Sonia le regarde, surprise.

— Oui, pourquoi? Tu as faim? Je peux t'en donner un morceau.

— Non, non, ce n'est pas pour ça. D'ailleurs, c'est niaiseux ce que j'ai dit. Ce n'est pas ce à quoi je pensais.

— À quoi pensais-tu? demande Sonia en le fixant droit dans les yeux.

— Je voulais savoir…, commence-t-il en ayant envie de prendre ses jambes à son cou.

Si Stéphane n'était pas encore dans la porte à lui faire des gestes d'encouragement avec son sourire plein de confiance, c'est bien ce qu'il ferait : disparaître au plus vite. Pourquoi faut-il que ce soit si difficile? Alors, comme un désespéré au bord d'un précipice, il se jette dans le vide en posant la question fatidique :

— As-tu envie de sortir avec moi, demain soir, pour aller à la danse? Tu n'es pas obligée d'accepter, si ça ne te tente pas. Moi, je demande ça, au cas où…

Sonia se dit que ce n'est pas elle la perdante de la chaise musicale amoureuse, puisqu'il restait encore une place libre. Elle répond simplement :

— Oui, je veux bien.

Pendant un court instant, Benoît n'est pas certain d'avoir bien compris, mais devant le sourire de la jeune fille, il se rend compte qu'il a gagné. Stéphane, qui guettait sa réaction, ne doute pas une seconde du résultat. Il fait un bref salut à son copain et part à la recherche de Caro. Il a maintenant deux bonnes nouvelles à lui apprendre.

13

Il y a toujours
une autre chance

Sonia entre à pas feutrés dans la chambre de sa mère. Celle-ci, fixant son reflet dans le miroir, fait les dernières retouches à son maquillage. Elle porte une jupe longue à volants qui met en valeur sa taille mince, un bustier ajusté sous un boléro en laine noire et des talons hauts. Tout cela annonce à sa fille qu'elle ne restera pas à la maison ce soir.

— Sors-tu avec monsieur Trottier ? demande Sonia. Est-ce que… est-ce que tu vas rentrer tard ?

— Ça t'inquiète ? fait sa mère en souriant. À quelle heure dois-je revenir ?

Sonia hausse les épaules.

— Tu es assez grande pour juger par toi-même.

— Je te taquinais, dit Sylvie. Je ne le sais pas vraiment. Et toi?

— Je ne pense pas rester si longtemps que ça à la danse. Je sais me montrer raisonnable. Onze heures et demie, ça fait ton affaire?

— Excellent! Si jamais il y avait quelque chose, un problème, et que tu doives revenir seule, appelle un taxi. Je vais laisser de l'argent dans le tiroir de la cuisine pour le payer. Fais attention à toi, ma chatte, ajoute-t-elle en se penchant vers sa fille pour lui caresser les cheveux.

— Ça va aller, fait la jeune fille, gênée, en s'éloignant.

Le carillon de la porte sauve Sonia du soudain élan d'émotions qui l'envahit en ce moment. Elle court ouvrir. À sa grande surprise, ce n'est pas l'ami de sa mère, mais la blonde de son frère, celle qu'elle avait espionnée sous le lit de Marco.

— Bonjour, tu dois être Sonia. Moi, c'est Annie, se présente-t-elle en lui serrant la main.

Le sourire d'Annie est chaleureux et ses yeux bleus sont vifs et enjoués. Sonia, qui ne s'attendait vraiment pas à la voir là, devant elle, demeure interdite quelques secondes, puis l'invite à entrer.

— Euh! Marco est dans la cuisine. C'est lui qui prépare le repas, maman va souper au restaurant avec un ami.

— Je sais. C'est pour cela que Marco m'a invitée à passer la soirée ici.

Les yeux grands ouverts par l'étonnement, Sonia ne dit rien. Alors, comme ça, pendant que maman sera avec son chevalier servant, et qu'elle-même dansera à la polyvalente, son frère et sa blonde vont batifoler seuls à la maison. C'est du joli! Où il y a de la gêne, il n'y a pas de plaisir!

Marco arrive à cet instant et demande innocemment à sa sœur d'aller brasser une prétendue soupe dans la cuisine. Sonia lève les yeux au ciel, soupire et acquiesce à sa demande. En entrant dans la cuisine, un petit coup d'œil derrière elle confirme ce qu'elle pensait. Son frère enlace sa jeune amie et l'embrasse d'une façon non équivoque.

— Qui est-ce? fait la voix de sa mère, derrière la porte de la salle de bains.

— L'amie de Marco.

— C'est vrai, j'ai oublié de t'avertir! dit Sylvie en rejoignant sa fille. Annie va passer la veillée avec Marco. Elle va même coucher ici, c'est plus prudent. Elle reste à l'autre bout de la ville et tu sais comme moi que les rues ne sont pas sûres la nuit.

Sonia pense en souriant que, coucher ici, ce n'est pas la première fois pour Annie. Pauvre maman, si elle savait!

— Je voudrais te demander quelque chose, ma grande, poursuit Sylvie. J'apprécierais beaucoup que, demain matin, tu te montres discrète. Vu que ton frère et son amie vont avoir passé la nuit ensemble, ce serait aimable de ta part de ne passer aucune remarque là-dessus. Après tout, ton frère est un adulte maintenant.

Sonia, qui goûtait au couscous, manque de s'étouffer avec les grains. Elle se demande si elle a des hallucinations ou si elle a réellement entendu sa mère parler des relations amoureuses de Marco. Son frère va faire l'amour avec Annie dans sa chambre et il semblerait que ce soit la chose la plus normale au monde! Tu parles d'une mère! Marco, un adulte? Bon, c'est vrai qu'il a 18 ans, mais tout de même!

Sylvie continue sur le même ton :

— C'est parce que, il faut bien que je te le dise, peut-être que je ne serai pas là demain matin. Vois-tu, avec Paul, je vais au restaurant et voir un film, mais après il est possible que je ne rentre pas. Tu comprends?

Si elle comprend? Bien sûr, ce sera la grande partouze, quoi! Et elle, dans tout cela, elle est censée se comporter comment? Est-ce qu'il n'y a qu'elle de raisonnable dans cette maison?

Sa mère lui fait son plus charmant sourire et l'embrasse sur les deux joues, avant d'aller rejoindre son fils et de saluer Annie. Pendant un court moment, la chaude odeur du parfum de sa mère se mélange aux effluves sucrés d'un pouding aux fruits maison.

Un second coup de cloche avertit Sonia que l'ami de sa mère arrive enfin. Il y a les salutations d'usage, la nervosité de Sylvie (la femme), qui s'inquiète de son allure avant cette grande sortie, les recommandations de Sylvie (la mère), qui s'inquiète pour ses deux poussins qu'elle abandonne, et finalement, le grand départ.

Quand Marco ferme la porte derrière Paul et Sylvie, il pousse un long soupir qui signifie : il était temps! Les yeux langoureux, il attire Annie dans ses bras. Sonia, qui ne désire aucunement être de nouveau témoin de ces tendres effusions, s'écrie aussitôt :

— Quand passons-nous à table? J'ai faim!

Une heure et demie plus tard, Sonia marche aux côtés de Benoît. Le jeune garçon voudrait bien lui tenir la main, mais sa timidité naturelle l'en empêche. En entrant dans la polyvalente, la jeune fille a l'impression de retourner trois semaines en arrière. Elle est accueillie par la même ambiance, la même demi-pénombre de la grande salle, le même groupe musical, les mêmes jeunes qui dansent.

Sonia écoute d'une oreille distraite, puis propose à Benoît, Caro et Stéphane de sauter sur la piste de danse. C'est avec le plus grand bonheur qu'elle retrouve l'ivresse des rythmes et la poésie des paroles. Toujours aussi réceptive, elle se laisse envahir et griser par la musique.

Quand le premier *slow* se fait entendre, elle redevient anxieuse et crispée. Elle n'a pourtant pas le choix, si elle sort avec Benoît, elle doit danser avec lui. Cela se déroule mieux qu'elle ne l'avait espéré. Benoît est tellement intimidé par sa présence qu'il la touche à peine. Il y a longtemps qu'il rêvait de la serrer contre lui, mais maintenant qu'elle est là, il n'ose rien entreprendre.

La soirée se poursuit avec ses séries de chansons endiablées, entrecoupées par-ci par-là de quelques danses collées. D'une fois à l'autre, Sonia se rapproche un peu de son cavalier. Celui-ci presse davantage ses bras autour d'elle. Le nez dans les cheveux de Sonia, il en respire la douce fragrance et se sent heureux. Pour l'instant, il ne demande rien de plus.

Vers 23 h 15, jugeant qu'il est assez tard, Sonia annonce à ses amis qu'elle désire quitter la polyvalente. Après avoir salué Stéphane et Caroline, qui continuent à danser, elle et Benoît partent la main dans la main. Benoît parle de toutes sortes de choses, quand Sonia l'inter-rompt :

— Ça alors ! Ce n'est pas croyable !

— Quoi ?

— Je viens à peine de m'en rendre compte. Ça fait longtemps que je ne t'ai pas entendu dire « super ».

Benoît hausse les épaules et émet un petit rire gêné.

— Je… C'était une mauvaise habitude, un peu bébé. Je commençais à trouver ça ridicule.

— J'avoue que ça ne faisait pas très sérieux, approuve Sonia. D'ailleurs, tu as changé depuis quelque temps. Je t'aime bien.

Mue par une subite impulsion, elle se lève sur la pointe des pieds et pose ses lèvres rapidement sur la joue de l'adolescent. Sentant une bouffée de chaleur sous le sternum, Benoît est heureux. Il regarde aux alentours, afin de vérifier qu'aucun curieux ne les épie. Puis, il prend le visage de la jeune fille dans ses mains et l'embrasse de son mieux. Sonia passe ses bras autour du cou du garçon et recommence l'opération en y mettant plus d'ardeur.

C'est serrés l'un contre l'autre qu'ils reprennent leur route. Sonia songe rapidement à sa mère, dans les bras de Paul, et à son frère, au lit avec Annie. Elle se dit qu'elle n'en est pas encore là, mais elle sait maintenant qu'un jour ce sera possible. Ce qu'elle se refusait absolument à envisager la semaine dernière lui semble moins pénible en cet instant. Un jour, oui, un jour, mais pas aujourd'hui, pas encore…

Table des matières

TESTEZ VOS CONNAISSANCES

Saviez-vous que... environ 572 000 Canadiennes sont victimes d'agression sexuelle chaque année, soit 1 567 chaque jour ou plus d'une à la minute?

Saviez-vous que... selon une enquête menée en 1984, on prévoyait que 1 Canadienne sur 4 serait agressée au cours de sa vie?

Saviez-vous que... selon une enquête réalisée en 1993, 1 Canadienne sur 2 avait effectivement été victime d'au moins un acte de violence sexuelle?

Saviez-vous que... 1 victime sur 2 est âgée de moins de 16 ans?

Saviez-vous que... les femmes handicapées sont encore plus vulnérables? Selon une étude, 83 % de celles qui ont un handicap physique ou mental seront agressées sexuellement au cours de leur vie.

Saviez-vous que... dans 98 % des cas, l'agresseur est de sexe masculin?

Saviez-vous que... 19 % des agresseurs sont âgés de moins de 18 ans?

Saviez-vous que... 7 victimes sur 10 sont agressées par des connaissances? L'agresseur peut être un copain, un collègue de travail, un camarade de classe, un professeur, un employeur, un parent, un voisin, etc.

Saviez-vous que... à peine 10 % des agressions sexuelles sont signalées à la police?

Saviez-vous que... seulement 1 % des viols commis par une connaissance sont rapportés à la police?

POUR EN SAVOIR UN PEU PLUS

AGRESSION SEXUELLE : Tout geste imposé à une autre personne sans son consentement ou toute menace de geste de nature sexuelle.

Cela peut comprendre, sans s'y limiter : des baisers, des attouchements, des relations vaginales, orales ou anales ou la pénétration.

L'agression sexuelle est une forme de pouvoir et de contrôle.

VRAI OU FAUX

Les hommes qui agressent sexuellement des femmes sont des malades mentaux faciles à reconnaître.

FAUX : Ces hommes ont l'air tout à fait normaux. Les agresseurs ne sont pas nécessairement des malades ou des hommes incapables de contrôler leurs pulsions. L'agression sexuelle est un crime de pouvoir et de contrôle des femmes basé sur la violence.

Certains types d'hommes sont plus susceptibles d'agresser les femmes.

FAUX : Les hommes qui commettent des actes d'agression sexuelle viennent de groupes d'âges variés et de milieux socioéconomiques et raciaux différents.

Les femmes ne peuvent être agressées sexuellement par leur *chum* ou leur mari.

FAUX : Il y a agression sexuelle quand une personne refuse d'avoir des rapports sexuels, mais qu'elle y est forcée, même si c'est à l'intérieur d'un mariage ou lors d'un rendez-vous amoureux.

Seul le viol est une véritable agression sexuelle.

FAUX : Le viol n'est qu'une des formes d'agression sexuelle. Tout geste à caractère sexuel imposé, soit par la force, par une manipulation affective ou par du chantage est une agression sexuelle.

Quand une fille dit « non », ça veut dire « peut-être ».

FAUX : Passer outre un refus devient du harcèlement. De plus, lorsqu'une fille accepte des baisers, elle ne consent pas automatiquement à d'autres activités sexuelles. À tout moment, une personne a le droit de refuser d'aller plus loin dans la relation sexuelle.

POUR EN SAVOIR
ENCORE PLUS

Plusieurs femmes ne signalent pas l'agression dont elles ont été victimes, parce que :

- elles croient que la police ne peut rien faire ;
- elles ont peur que l'agresseur recommence ;
- elles éprouvent de la honte ;
- elles craignent de devenir des victimes du système judiciaire ;
- les femmes de couleur, les immigrantes et les réfugiées craignent les jugements racistes ;

- les femmes présentant des handicaps physiques, mentaux ou des difficultés d'apprentissage craignent de manquer de crédibilité;
- la police, les médecins, le tribunal et même la famille et les amis mettent en doute les plaintes d'agression sexuelle;
- lorsqu'une femme est violée par un homme qu'elle connaît, les gens s'imaginent que la victime a couru après, d'une manière ou d'une autre.

Que faire lorsqu'on a été agressée sexuellement:

- d'abord, chercher à se mettre hors de danger;
- consulter un médecin (les preuves doivent être obtenues rapidement; on peut être blessée ou avoir contracté une maladie);
- en parler avec une personne en qui on a confiance ou appeler un centre d'aide;
- ne pas se blâmer ni se sentir coupable;
- se permettre de ressentir et d'exprimer toute la gamme d'émotions découlant d'une agression;
- se souvenir que l'on n'est pas seule et que plusieurs personnes peuvent nous aider à passer au travers.

POUR EN SAVOIR BEAUCOUP PLUS

1. Voici quelques sites Internet où l'on peut obtenir de l'information ou de l'aide:

Agressionsexuelle.com

www.agressionsexuelle.com

168

CALACS (Centre d'aide et de lutte contre les agressions à caractère sexuel)
www.rqcalacs.qc.ca

Centre de prévention des agressions de Montréal
www.cpamapc.org/FR/

2. Voici quelques organismes qui peuvent vous aider et vous écouter en cas de besoin :

Mouvement contre le viol et l'inceste
514 278-9383

Lignes d'écoute
Tel-jeune : 514 288-2266 (à Montréal)
ou 1 800 263-2266 (au Québec)
Jeunesse, J'écoute : 1 800 668-6868
Tel-aide : 514 935-1101

Questionnaire

Maintenant que vous avez terminé la lecture de ce livre, vous avez certainement des impressions à son sujet. Alors, nous vous cédons la plume. Dites-nous ce que vous en pensez en répondant à ce petit questionnaire.

1. Aimez-vous l'idée d'une collection où tous les personnages vivent dans le même quartier ?

2. Quels personnages vous ont plu davantage ?

3. Quels personnages aimeriez-vous retrouver dans un prochain livre ?

4. Y a-t-il des thèmes que vous aimeriez voir les auteurs aborder ? Lesquels ?

5. Où imaginez-vous le Faubourg St-Rock ?

6. Avez-vous d'autres commentaires à formuler ?

Envoyez vos réponses à l'une ou l'autre des adresses suivantes :

info@edtisseyre.ca
susannej@moncanoe.com

Éditions Pierre Tisseyre
Collection Faubourg St-Rock
a/s Susanne Julien
9300, boul. Henri-Bourassa Ouest, bureau 220
Saint-Laurent (Québec)
H4S 1L5

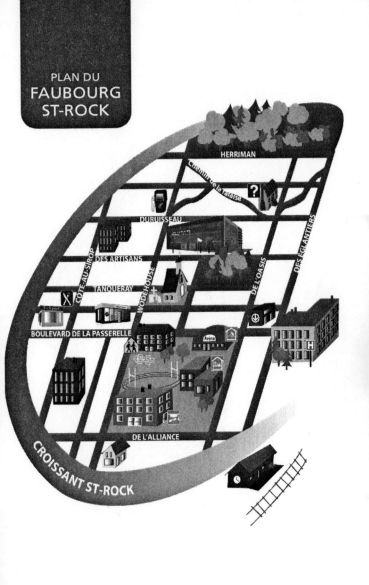

PLAN DU
FAUBOURG
ST-ROCK

HERRIMAN

Chemin de la falaise

DURUISSEAU

DES ARTISANS

CÔTE-AU-SIROP

TANQUERAY

WODEHOUSE

DE L'OASIS

DES ÉGLANTIERS

BOULEVARD DE LA PASSERELLE

Aréna

DE L'ALLIANCE

CROISSANT ST-ROCK

COLLECTION FAUBOURG ST-ROCK+
directrice : Marie-Andrée Clermont

Note : Les ouvrages listés ci-dessus dans la collection
Faubourg St-Rock+ sont des versions réactualisées
des romans portant les mêmes titres parus
de 1991 à 1994.